# 這是妳與我的最後戰場，或是開創世界的聖戰 5

the War ends the world / raises the world

*Shie-la So hem Sec nazal, uc Ec lishe.*
請用妳的愛拭去我的罪惡。

*vea Sez sis xel sfrei fears.*
為了讓我能維持自我。

*vea Ez nec cia nes edear.*
也為了不讓妳化為魔女。

Kadokawa Fantastic Novels

the War ends the world / raises the world

# CONTENTS

# Prologue 「Elletear」

魔女的樂園——

涅比利斯王宮「女王謁見廳」。

清澈的陽光穿透了窗戶的蕾絲，照亮了整座大廳。

這裡是由綠意盎然的觀葉植物、陽光和葡萄酒色的地毯所點綴的空間，其清澈潔美的景致，足以否定「魔女」這種毛骨悚然的蔑稱。

「伊莉蒂雅，我有兩件事要問妳。」

「女兒洗耳恭聽。」

站在階梯平臺上頭的，是女王涅比利斯八世。

而仰望女王的則是其女——長女伊莉蒂雅。站在臺階下方的她笑吟吟地點了點頭，但女王的下一句話，卻讓她的微笑為之凝結。

「走漏希絲蓓爾去向的人，就是妳嗎？」

「——」

宛如一尊美麗的人偶。

伊莉蒂雅・露・涅比利斯九世僵在當地，文風不動。

大波浪捲的美麗翡翠色長髮，閃耀著世界絕美的金色光輝。

她的身材比次女愛麗絲更為高挑。而比愛麗絲更加豐滿成熟的雙峰，自身著的王袍（禮服）胸口處醞釀出讓人難以違抗的動人魅力。

對於如此美麗的女子不發一語呆立原地的反應——

「至於第二件事。」

女王米拉蓓爾・露・涅比利斯八世沉默了一陣子，以比平時冰冷許多的眼神睥睨俯視著站在臺下的女兒。

「『妳是真正的伊莉蒂雅嗎』？」

大廳陷入一片寧靜。

女王冰冷的嗓音在大廳裡迴蕩片刻，直到萬籟俱寂之後——

第一公主（伊莉蒂雅）的嬌笑聲響徹四下。

「呵、哈哈！啊哈哈哈哈哈哈！」

「伊莉蒂雅，妳怎麼了？」

「女、女……女兒還以為發生什麼大事呢！女王陛下，能請您別一臉嚴肅地說著如此可笑的話語嗎？」

她按著自己的腹部，像是按捺不住似的笑聲連連。

至於女王則是冷淡以對：

「我向希絲蓓爾下令，要她前往獨立國家阿薩米拉執行任務，這是為了預防那個國家和帝國在檯面底下互通聲息。而這次的任務，是女王基於相當私人的理由交付於她的。」

委託給第三公主希絲蓓爾的任務。

知曉此事的，只有受到女王親口告知的寥寥數人而已。

「然而，佐亞家卻不知為何於翌日知悉此事。據說假面卿親自動身，緊跟其後地前往獨立國家了呢。」

「…………」

「肯定有人走漏了風聲。不過我的側近和愛麗絲總是會待在目光所及之處。不受此限的就僅有一人而已。」

眼下的狀況，反應出第一公主正是「叛徒」。

畢竟從女王口中得知希絲蓓爾的行蹤後，就只有一個人物在那之後的十餘個小時裡遠離了女王的目光。

「身為始祖後裔的露家和佐亞家，早在超過五十年前便陷入了相處上的僵局。」

「是因為女王聖別大典的關係呢。」

「我的長女伊莉蒂雅相當清楚這血脈相連的苦處，因此，她絕不會將那孩子（希絲蓓爾）的行蹤洩露給佐亞家。」

女王看向默默無語的第一公主。

「所以我才會問這個問題。妳是真正的伊莉蒂雅嗎？」

從階梯上的平臺掃向鋪設地毯的大廳。

她的目光銳利地刺向應為親生愛女的伊莉蒂雅。

「…………」

「妳回答不了這個問題嗎？」

「……呵、啊哈！真是的！女王陛下，請別用那種眼神凝視女兒，女兒會忍俊不禁的！」

她第二次嬌笑。

這次的笑聲遠勝於第一次，在女王謁見廳迴蕩了好一陣子。

「啊哈哈哈，我、我可真是的……實在是忍不了這陣笑意呢！還以為您有什麼話要說呢，女王陛下——」

豐滿的胸脯險些就要從王袍底下袒露而出。

伊莉蒂雅忍不住笑意，雙肩大力地抖動。

「這反而是我想問的問題呢。難道不是嗎——假冒女王的女士？」

唰——

充斥著女王謁見廳的空氣登時為之驟變。

「別看我一副散漫的樣子，我可是很喜歡玩遊戲，也最喜歡欺騙別人和欺騙自己。由於最後一種狀況鮮少碰見，因此這心癢難耐的刺激感對我來說著實新奇呢。」

「…………」

女王沒有答話。

這也是一種回應的表現。看出這一點的伊莉蒂雅向前邁步。

叩、叩、叩。

隨著清脆的腳步聲，伊莉蒂雅走上眼前的臺階，就這麼來到了女王所在的平臺之處。

「哎呀，笑得太厲害，我的肚子都要發疼了。我說冒牌貨女士，妳究竟是誰呢？」

她直接面對起女王米拉蓓爾・露・涅比利斯八世。

兩人視線的高度幾乎相同。

「這可真是假冒得活靈活現。若不是我……這個嘛，換作是第二公主（愛麗絲）或是第三公主（希絲蓓爾），應該還能再騙個兩分鐘左右吧。但遺憾的是，『我可是長女之身』。」

兩分鐘的差異。

看似不長，卻有著決定性的歧異。伊莉蒂雅得意洋洋地表示，這正是能區隔自己和「其他人」的證明。

「所以，妳應該不用再演下去了吧？」

「…………」

火花「啪」的一聲迸現。

女王的身影宛如被抽走線頭的衣料一般逐漸消失。在伊莉蒂雅面露微笑的注視下，一名年幼的少女現身眼前。

那是將黑髮留至及肩長度的嬌小少女。那稚嫩的面容上滿是怯弱之情，難以想像她竟會是假冒女王的人物。

「是、是小的失禮了！還、還請您恕罪！」

「哎呀，真是個可愛的孩子。嗯……？好吧，既然妳坦率地道歉了，那我就原諒妳吧。畢竟我也不喜歡叱責可愛的孩子。」

伊莉蒂雅摸了摸這名年約十三、四歲的少女頭部。

看到伊莉蒂雅和顏悅色的反應，害怕不已的少女這才放下心來。

「妳是新來的嗎？是在我走訪他國的期間住進王宮的？」

「是、是的……！」

黑髮少女用力點頭。她的脖子帶有星紋——即星靈使的證明，如今正發出淡灰色的光芒。灰色的星紋，恐怕是能造出分身的「影」之星靈的分支之一吧。

「在城裡的生活還適應嗎？」

「……是、是的。」

少女被伊莉蒂雅凝視得臉紅心跳，倒抽了一口氣。

少女的視線高度，正巧就落在伊莉蒂雅的乳溝上頭。面對大膽展露在面前的煽情胴體，別說是異性，甚或還只是個青澀的少女，也被這份魅力迷得神魂顛倒。

——就像是真正的「魔女」所使用的魔法一般。

這名公主與生具有魔性的美色。

「請、請問……伊莉蒂雅大人。」

「怎麼啦？可愛的新人小姐？」

「請問……您是怎麼識破我的偽裝的？小的無論是在身形或是嗓音方面，應當都與女王陛下別無二致才是。」

「是呀，妳的變身非常完美。在講話時會輕瞥對方指尖的小動作也模仿得維妙維肖。」

「那、那您為何……」

「這個嘛。」

伊莉蒂雅的手指輕抵唇角，作勢思考。

「大概是因為『和我的星靈很相像』吧。」

「唔！」

「但和我的星靈不同，妳的星靈極為優秀呢。好羨慕妳呀。」

「……不、不會的！豈有此事……」

察覺伊莉蒂雅自嘲的少女，連忙繃緊了臉龐。

第一公主伊莉蒂雅的星靈，乃是「始祖血脈之中最為弱小的存在」，這在王宮之中可說是無人不知的常識。

而她卻刻意地如此自嘲，其代表的意義是——

「妳的星靈擁有非常美妙的力量喔。」

「……那、那個……」

「伊莉蒂雅，不可以做出這種讓人困擾的行為。」

制止的聲音傳來。

從彩繪玻璃窗的陰影處現身的，是貨真價實的涅比利斯女王。若是和少女偽裝的模樣站在一起，就算是出動機器進行鑑識，恐怕也難辨真偽。

「她是奉我之命行事，妳就原諒她吧。」

「說什麼原不原諒，呵呵……真是相當不錯的餘興節目。」

伊莉蒂雅依然撫摸著少女的髮絲。

「那麼，母親大人，您之所以傳喚女兒過來，為的果然是剛才的質問嗎？您認為是我將希絲蓓爾的行蹤洩露給假面卿的？」

「……這也是原因之一。」

女王背對灑落的陽光，輕聲嘆息。

「這並不是為了懷疑妳，而是為了釐清誤會的必要程序。而關於這部分——」

這時——

一陣吵嚷的腳步聲從女王謁見廳的門外傳了過來。

「請、請別這樣，愛麗絲大人！這條走廊上是不得奔跑的！喏，周圍的士兵們也露出了困窘的神情了！」

「現在可不是優雅邁步的時候！燐，妳也快點跟上！」

「要是擅自打開女王謁見廳的大門，可是會出事的！」

「現在狀況緊急，所以本小姐也是不得已！」

只見雙開門扉的其中一邊被用力推開，金髮少女跌跌撞撞地衝入大廳之中。

她氣喘吁吁，甚至顧不得自豪金髮散亂的模樣。

「呼、呼……母親大人！咦，奇怪？伊莉蒂雅姊姊大人也在……？」

第二公主愛麗絲莉潔。

暱稱為愛麗絲而被世人所知的可愛少女，先是依序掃過了在場的女王、第一公主，以及面生的另一名少女——

「那、那個，母親大人……不對，女王陛下！」

「愛麗絲，妳怎麼了？這麼氣喘吁吁的模樣可是有失穩重喔。」

女王皺起眉頭。

雖說和長女（伊莉蒂雅）相較，次女（愛麗絲）確實不夠沉穩，但她確實具備公主應有的修養，不會輕率做出這般貶低自身品位的行為。

看來狀況非同小可。

「是與妹妹（希絲蓓爾）有關的事。」

愛麗絲猛喘著氣，按著劇烈起伏的胸口。

她拚了命地擠出聲音說道：

「關於希絲蓓爾的狀況，女兒認為有必要儘快進行商議！」

# Chapter.1 「魔女的等價交換」

## 1

獨立國家阿薩米拉——

建國於世界大陸東側的廣大沙漠中，是一處四季如夏的觀光勝地。雖說平均氣溫逼近四十度，但萬里無雲的璀璨陽光卻帶有舒爽的氣息。

這裡是巨型游泳池、溫泉和高級飯店林立的觀光都市區。

而在某間旅館的高層住房裡——

「和預期完全一樣。不管是報紙還是八卦雜誌，昨日與今日接連兩天都上了一整面的重大新聞報導。」

銀髮狙擊手——陣將報紙一把扔在桌面上頭。

『四季如夏的觀光勝地，在一夜之間冒出大火。

位於阿薩米拉都市郊區的鑽油井，迸出了一場離奇的大爆炸——』

陣俯視著報導說道：

「這件事應該也傳進帝國司令部的耳朵裡了。不對，應該在殲滅物體遭到破壞的時候就察覺事有蹊蹺才對。他們不是對機體驟然失去訊號一事毫無知覺的傻瓜。」

「……哎呀……」

坐在房間地板上的伊思卡微弱地苦叫一聲。

順帶一提，他雖然已經在地板上跪坐了一小時左右，但這是伊思卡自我反省的表現。

「真是抱歉……」

「這回是皇廳（敵方）先動手的，又不能算在你頭上。不過，你最近是不是有些失常啊？」

陣背靠在沙發上說道。

此時的他穿著坦克背心，難得露出肩膀。這是因為他的肩膀到上臂一帶都裹著繃帶，無法穿上外套的緣故。

——這是與假面卿交戰時留下的傷勢。

就在前天的時候。

陣在這個國家的郊區，與涅比利斯皇廳的部隊交手時受的傷。

「不僅在中立都市遭受綁架，被帶到了皇廳境內，這回也在獨自離開旅館散步時，被星靈部隊纏上了啊？」

「……真是無地自容。」

「啊，陣哥真是的，別老是罵伊思卡哥啦。說起來有錯在先的，是在這並非戰場之地動手的皇廳呀。」

紅髮少女音音前來打圓場。

她將豐沛的長髮綁成馬尾造型，是一名有如模特兒般纖瘦的少女。

音音平時以機工士的身分負責隊上的通訊工程，如今手上正拎著裝了急救物資的袋子。

「比起這件事，現在已經是要幫陣哥消毒的時間了吧？得幫你換繃帶才行呢。」

「我不是在七個小時前就做完消毒了嗎？」

「不行、不行——狙擊手的慣用手若是受了傷沒好好處理，落得化膿的結果可就糟了。陣哥，你應該也不想讓右手變得動彈不得吧？」

「是不希望沒錯。」

「所以音音我才要幫你上藥呀。」

陣不情願地伸出右手。音音先是剪掉包在他右上臂的繃帶，接著抹上消毒藥水。

「不過，在接連闖過好幾道生死難關後，還以為總算能度個像樣的假了……」

坐在沙發上的陣嘆著氣說道：

「阿薩米拉不屬於帝國領土，因此會被皇廳的傢伙們盯上也不算什麼怪事。只不過啊，伊思卡在一年前放跑的魔女，為什麼偏偏會出現在這裡？這僅有幾十萬分之一的偶然，真的在這裡發生了嗎？」

「……我也真的嚇了一大跳啊。」

從離開帝都到造訪這個國家，至今只過了四天。

而他說什麼也想不到，居然會在入境沒多久就與「她」再次相遇。而關於這一點，就連希絲蓓爾本人的反應也一樣——

「使徒聖伊思卡，你還記得我嗎？」

「我名為希絲蓓爾。若你願意記住的話，便是我的榮幸。」

她有著偌大的雙眸，眼裡蘊含強烈的好奇心。

帶有草莓色的金髮美豔動人，那可愛的臉蛋散發著不遜於姊姊（愛麗絲）的優雅氣質。

魔女樂園的第三公主希絲蓓爾——

正是一年前，伊思卡從帝國監獄放跑的那名少女。

……我當時完全沒想過會有這種事。畢竟她星紋的能量反應相當微弱。

……想不到她居然是純血種。

帝國軍肯定也沒料到，他們抓到的星靈使居然會是王室成員吧。

就他們的既有印象來說，涅比利斯王室的星靈無一不是威力無窮，因此對於星紋能量反應微弱之人，就會被當成單純的魔女看待。

「我昨天也說過了，那真的只是純粹的巧遇。就連她也嚇到了啊。」

「廢話。如果不是巧遇，就代表我們被皇廳跟蹤了。我可不記得自己的眼睛有瞎到那種地步。所以說，那傢伙是怎樣？」

「我也不太清楚。她似乎是遭到了狙殺，所以應該已經趁前天夜裡出境了吧。想殺她的，就是與陣交手的傢伙。」

「……是那個叫假面卿的傢伙嗎？他確實是說了類似的話啊。」

那是陣交戰過的對手。

繼星脈噴泉爭奪戰後，此番是兩人第二度交手。

「我等沒打算把事情鬧大。我們的目的僅是帶回自己的同胞，為何你們帝國士兵偏偏要阻擾我等？」

沉默橫亙數秒。

仰望天花板的陣，將頹靠在沙發上的身體向前微傾。

「對我們來說算是個好消息吧。」

「啊！陣哥，你還不能亂動啦。繃帶會鬆掉的。」

「隨便包一包就好了啦。」

陣任由音音進行包紮，以嚴肅的口吻繼續說道：

「簡單來說，前天的那批星靈部隊，是來狙殺伊思卡在一年前放跑的那個魔女。我是不曉得那女人到底是犯了罪還是叛了國，但這至少證明了那個叫假面卿的混蛋不是特地跑來這個獨立國家堵我們的。」

希絲蓓爾應該已經趁夜出境了吧。

她恐怕去了鄰近的其他國家，也可能是回涅比利斯皇廳去了。

而照理來說，假面卿所率領的星靈部隊也應當會緊跟其後——他們沒有死咬著第九〇七部隊（己方）不放的理由。

「這樣想應該沒問題吧，伊思卡？」

「我也是這麼認為的。雖說前天晚上爆發了小規模的衝突，但繼續留在這裡說不定對我們來說更為安全。」

「要繼續放長假的意思嗎？雖說沒打算保持悠哉的心情過日子……但問題來了。」

陣左右張望，環顧旅館房間。

待在房裡的就只有伊思卡、陣和音音三人，還少了最後一名成員。

「隊長（老大）還沒回來嗎？她嚷嚷著什麼『要去樓上的健身房做訓練』一類的蠢話，我還以為頂多三十分鐘就會膩了呢。」

「因為隊長她認真起來了呀。」

部下（陣）之所以會受傷，是因為袒護自己的關係。

米司蜜絲為此感到悔恨，才會毅然下定決心，從今天開始進行自主鍛鍊。

「可是好像真的慢了點啊……要是沒什麼事的話就好了。」

「啊，那音音我去看看狀況吧。」

音音站起身子，走向房間角落。

不知為何，她從行囊裡掏出了毛巾和換洗衣物，塞進了自己的手提包裡。

「音音，妳為什麼要拿毛巾啊？」

「這是前去迎接隊長的必需品喔。」

「嗯……？」

「這事都在音音我的掌握之中，就放心交給我吧。那我去去就回——！」

＝＝＝

位於旅館高層的健身區——

這裡陳列著大量的跑步機和健身車等有氧器材。

同樓層還設有游泳池，此外，隨著走往男女分開的通道上，能通往一間充斥著純白色蒸氣的房間。

也就是桑拿室。

「啊啊啊……好幸福喔……！」

這裡是以木板裝潢、洋溢著白樺木香的蒸氣澡堂（桑拿室）。

隊長米司蜜絲待在時值清早而無人的小房間裡悠閒地休息，享受著短暫的奢華時光。

米司蜜絲・克拉斯。

雖說今年二十二歲的她是個不折不扣的成年女子，但稚嫩的臉孔和身型看起來甚至比十六歲的音音還要年幼，就是到了現在，她還是能在電影院買半票入場——這也是她最大的特徵。

而身高和體重也只是勉強搆到帝國軍人的淘汰邊緣。

入隊時，她甚至還留下了「靠著偷塞厚鞋墊才勉強通過體格測試」的奇聞。

「先是在健身房流得滿身汗，又在游泳池游到精疲力竭，最後則在桑拿室裡治癒身心……真是太奢侈了……」

大顆的汗珠滑過她纖細的脖頸。

她全身上下只裹著一條浴巾，以如此大膽的姿態躺臥在桑拿室之中。即使圍在身上的浴巾已經有些鬆脫，她也不以為意。

「反正時間還這麼早，這裡也沒其他人嘛。」

湧上的解放感，宛如躺在自家床上一樣。

用蒸氣緩緩溫熱在健身房練得疲憊不堪的身子，居然如此舒服。

「阿伊也說過，敵人八成已經出境了；就算還在阿薩米拉境內，他們也不會在這種觀光勝地動手吧。」

要是在旅館裡展開襲擊，可是會把事情鬧大。

被列為獨立國家的這些國家和中立都市不同，從未宣稱中立。

若是這座旅館遭受星靈使攻擊，那政府肯定會立刻向皇廳宣戰吧。這樣的政治背景能成為牽制皇廳的力量。

「所以咱們也能輕輕鬆鬆地在這裡待機……嗯～好舒服喔～」

米司蜜絲翻了個身子，仰躺在地。

她仰頭注視著因蒸氣而朦朧不清的天花板，桑拿沁人心脾的療效也讓她的眼皮逐漸變得沉重起來。

「啊……真想就這麼睡個午覺……」

「隊長，流太多汗，可是會陷入脫水症狀的喲。」

「沒～事、沒～事——別這麼一板一眼的嘛，音音小妹……奇怪？」

米司蜜絲眨了眨眼睛，擦了擦眼角。

在濃濃蒸氣之中，浮現馬尾少女裹著浴巾的身影。

「隊長果然待在這裡！」

「音音小妹，妳也是來流汗的嗎？」

「才不是，音音我是來確認隊長的狀況的啦。真是的，居然躺在這種地方……」

部下（音音）看著隊長（米司蜜絲）不成體統的睡姿，無奈地交抱雙臂。

音音的視線投向浴巾鬆脫的位置。

她先是望向凹陷的小巧肚臍，接著向上看去，用力打量著即便呈仰躺姿勢，仍描繪出氣派峰型的一對雙丘。汗水涔涔流下、滑過被桑拿熱氣燻成櫻色的乳溝顯得莫名煽情。

然而，對於躺臥的米司蜜絲來說，被部下這麼直盯著瞧仍教她感到害臊。

「隊長，妳被看光了喔～」

「哇哇！」

「音音我知道喔。像隊長這樣的人，就是所謂的暴露狂呢。」

「不、不是的！人家只是鬆懈了一下！」

米司蜜絲連忙坐起身子，將鬆垮垮的浴巾重新裹好身體。

「音音小妹，來坐人家旁邊嘛。」

「唔嗯～那音音我就只待一下下喔。為了避免隊長睡著，我得好好看著才行。」

音音在她身旁坐下。

這時──

隨著木門被推開的「嘰嘰」聲，一名嬌小的少女走進桑拿室。

「打擾了。」

她以一條薄薄的浴巾裹住胸口。

即使瀰漫著濃濃蒸氣，她那頭帶著桃色的金髮仍顯得相當亮麗。而那可愛的臉蛋搭配嬌小的身高，給人的感覺宛如一尊公主娃娃。

少女的容貌，讓米司蜜絲覺得似曾相識。

是在哪裡見過面呢？

由於少女在桑拿室裡將頭髮放下，因此米司蜜絲也不敢一口咬定，但她似乎是……

「欸，隊長，我們是不是在哪裡見過她呀？」

「音音小妹果然也這麼覺得嗎？但她是誰呢……」

這和在街上重逢的狀況不同。

畢竟對方既沒穿衣服，也沒有打理髮型，能作為辨識條件的就只有臉蛋而已。

「……呃……」

就在米司蜜絲和音音側首不解的這段期間。

只見那名少女主動朝著呈坐姿的米司蜜絲走近。她一聲不吭地直立在地，從頭到腳打量了米司蜜絲一番。

接著，她輕笑一聲。

「這位女士。」

「咦？妳找人家嗎？」

「沒錯，正是找妳。這個——」

少女伸出了手。

她向米司蜜絲的左肩伸指一探，而米司蜜絲則完全來不及反應。

「這是什麼東西啊？」

她將貼在肩上的膚色貼紙撕了下來。

星靈之光登時迸現。

米司蜜絲肩膀上的星紋，大大地綻放出亮綠色的光芒。

「啊……等、等一下！」

「不行！隊長！快遮起來！」

音音率先作出了反應。

她扯下裹著自己身子的浴巾，罩到了隊長的肩膀上，遮住了頻頻發光的魔女證明。

桑拿室裡只有三人。

雖說沒有其他目擊者，但還不曉得會不會有客人進來。

雖說除了帝國境內，民眾大都不會對「魔女」抱持敵意，但內心裡抱持著負面觀感的人想必不在少數。

「妳這是在做什麼呀！」

脫去浴巾的音音不顧自己赤裸的身體，朝少女逼近。雖然兩人年紀相仿，但音音的身高卻高上許多。

「這是用來遮掩傷口的醫療貼布。妳怎麼可以隨便亂撕！」

「哎、哎呀，真是抱歉。」

少女裝出一副愧疚的樣子。

「我不是要讓她出糗的，不過，我『剛好有替換用品』。」

「……替換物品？」

「用帝國製品的話，想必會放心不下吧？就算遮得住光芒，也無法阻絕肉眼看不見的星靈能量外漏呢。」

握在少女手裡的，是一枚乳白色的貼紙。

她以熟練的手法貼在米司蜜絲的星紋上頭，只見原本大放光芒的星靈能量之光，在轉瞬間就變得黯淡下來。

速度實在太快了。

帝國的醫療貼布，是沒辦法在這麼短的時間內遮蔽光芒的。

「咦……？」

音音瞪大了雙眼。

而當事人米司蜜絲也是一副摸不著頭緒的模樣，緊盯著自己的肌膚。

「這貼紙雖然具防水性，但請不要浸在水裡太久。」

少女轉過身子。

眼看她就要伸手推開桑拿室的門，米司蜜絲連忙喊住她。

「等、等一下！妳是——」

「我沒辦法待在桑拿浴太久。再說，我也不習慣裸著身子談論事情。」

少女只轉過半張臉蛋。

臉頰被蒸氣烘得通紅的少女，露出高雅的微笑說道：

「我在十七樓的咖啡廳靜候你們的到來。」

## 2

同一時間——

涅比利斯王宮「女王謁見廳」。

在太陽還沒升上頂端的此刻，愛麗絲與涅比利斯女王正並肩而立。

隨從燐則是待在她的身後。

這三人便是還留在女王謁見廳的相關人士。

「女王（母親大人），這樣真的好嗎……」

「關於伊莉蒂雅的事，妳毋須操心。」

姊姊伊莉蒂雅已經退出了謁見廳。

相較於放心不下的愛麗絲，女王的口吻則是顯得氣定神閒。

「有我在場的話，妳也不便談論希絲蓓爾的事情吧？」

「畢竟我依然涉嫌將她的行蹤洩漏給佐亞家，而這份嫌疑尚未洗清。」

若伊莉蒂雅真是背叛者。

愛麗絲一旦報告起希絲蓓爾的消息，就會再次透過伊莉蒂雅，將內容走漏給佐亞家。

為此，姊姊（伊莉蒂雅）為了避嫌，便自請退下。

……話雖如此。

……但這樣一來，不就像是本小姐把她趕出謁見廳一樣嗎？

對於只將希絲蓓爾的消息報告給母親一事，愛麗絲終究還是有些於心難安。

等報告結束後，就私下去找伊莉蒂雅道個歉吧。

愛麗絲在內心如此頷首後，便轉頭看向女王。

「狀況有一點——」

女王的唇角傳來嘆息聲。

「狀況變得有一點棘手了呢。那孩子現在有了與帝國互通聲息的嫌疑，而且還被假面卿知曉此事。」

「……是的。」

「對佐亞家來說，這肯定是天賜良機。一旦掌握情勢，肯定就能讓露家（我們）失勢，並一舉獲得下一任女王的寶座。這下該怎麼辦呢。」

女王仰望著彩繪玻璃。至於站在她身旁的愛麗絲，則是偷偷對燐使了個眼色。

——這樣回報應該就可以了吧？

察覺到愛麗絲意圖的燐則是點頭回應。

「母親大人，希絲蓓爾表示，她打算暫時藏身一陣子。」

愛麗絲向女王報告了五點事項。

第一，妹妹希絲蓓爾曾在一年前受過名為伊思卡的帝國士兵救助。

第二，她在獨立國家阿薩米拉與那名帝國士兵相遇，是出於純粹的巧合。

第三，希絲蓓爾是為了知曉被救的理由，才會與他接觸。

第四，假面卿目擊到了那一幕。

第五，假面卿企圖以此告發希絲蓓爾，指控她為叛國之人。

這些便是愛麗絲從妹妹希絲蓓爾口中問出的資訊。

不過，在聽聞她與伊思卡的往事之際，就連愛麗絲都一度以為自己聽錯了。

「契機是一年前的事呢。」

「當時我一時失察，遭受帝國軍囚禁，後來在一名帝國士兵的協助下獲救。」

而那名士兵正是伊思卡。

明明貴為帝國軍的使徒聖，卻因為協助魔女逃獄而遭受問罪，如今被貶為一介士兵並派赴戰場。在那之後，他便與愛麗絲相遇了。

……奇怪？所以說，希絲蓓爾比本小姐更早認識伊思卡嗎？

……不、不對！誰先誰後都沒關係！

她和伊思卡乃是視彼此為勁敵的交情。

這和妹妹希絲蓓爾那樣萍水相逢的關係不同。他們可說是更為複雜且命中注定，是帝國和皇廳的代表人士之間的關係吧。

事到如今，兩人之間已不容他人介入。一定是這樣沒錯。

「沒錯。區區希絲蓓爾也想和伊思——」

「愛麗絲大人。」

「啊……母、母親大人，女兒沒事……啊、啊哈哈哈……」

她慌張地用笑聲帶過這個話題。

這時，看到這幅光景的燐上前一步。

「女王陛下，恕小的僭越，小的有一事相稟。」

「燐，是什麼事？」

「那與愛麗絲大人所報告的第四點內容有關。」

「……妳是說假面卿嗎？」

聽到燐的提醒，女王再次重重地嘆了一口氣。

「希絲蓓爾大人是收到女王陛下的指令後，才前往獨立國家的。然而假面卿卻能先行到場埋伏，此事顯然有些古怪。」

「…………」

「某位人士將希絲蓓爾大人的行蹤洩漏給佐亞家，是相當顯而易見的事。但更要緊的問題在於，佐亞家派至當地的人選乃是假面卿。」

假面卿在佐亞家的地位，幾乎可以和當家平起平坐。

他之所以親自動身，是因為預期會發生足以撼動希絲蓓爾立場的大事（醜聞）。倘若沒有充足的證據，難以想像他會特地出國跑這麼一趟。

……換句話說，假面卿早已預期到希絲蓓爾會與帝國士兵（伊思卡）密會。

……這太奇怪了。根據希絲蓓爾的說法，她與帝國士兵的重逢只是純粹的巧合呀。

這兩點明顯產生了矛盾。

而能想到的解釋便是——

「女王陛下，儘管小的心知有失言之嫌，仍請您准許發言。」

如此開口的燐，能從隻字片語之中感受到非比尋常的緊張感。

「小的是這麼認為的——『將希絲蓓爾大人的行蹤走漏給佐亞家之人，同時也是和帝國軍互通聲息之人』。」

「妳可有證據？」

「眼下的狀況即如此反映。」

燐的話語聲不帶一絲迷茫。

沒錯。這便是愛麗絲和燐在返抵國境之前討論出來的結論。

「假面卿這樣的重鎮動身前往了獨立國家，此舉間接說明了佐亞家有十足的把握能目擊那起事件（醜聞）。換言之，他們篤定希絲蓓爾大人會與帝國士兵展開接觸。」

「……然後呢？」

「倘若無法掌握帝國軍的動向，就無法做到先發制人。帝國軍的部隊正待在獨立國家——正因為掌控了這樣的資訊，那位『背叛者』才會挑在最佳時機找上佐亞家，並洩漏希絲蓓爾大人的行蹤。」

背叛者有十足的把握。

就像烈火碰上氧氣會引發劇烈的爆炸一般——

那人知道第三公主希絲蓓爾一旦與帝國劍士伊思卡接觸，就會引起強烈的化學反應。

「燐。」

女王向站在愛麗絲身旁的隨從問道：

「妳對那位『背叛者』的身分可有頭緒？」

「……倘若是以刪去法理出的人選，小的確實有。」

「說吧，我准妳這麼推測。」

「最有嫌疑的是第一公主伊莉蒂雅大人。」

「也是呢。」

女王回應得簡潔俐落，甚至連愛麗絲都不禁為之一愣。

「我推導出來的結論也是如此。我也是因為這個原因，才會特地將她傳喚過來。」

然而，女王缺乏能將伊莉蒂雅定罪的證據。

況且，伊莉蒂雅對愛麗絲來說是姊姊，對女王來說則是親生女兒。就情感上來說，她們也不願猜忌自己的至親會是叛國之人。

「愛麗絲，希絲蓓爾如今身在何處？」

「她表示會暫時藏身一陣子。由於確實有人將她的行蹤洩漏給佐亞家，她認為在揪出那人之前，返回皇廳屬危險之舉。」

「所以她打算滯留在獨立國家？」

「……應該是，但也有可能移往他處。」

她可能會藏身在鄰近國家中。畢竟想逃離佐亞家的眼線，離開獨立國家才是妥當的應對。

「那孩子的星靈不適合自衛。也許會惹得她不高興，但我還是派遣護衛前去吧……過來吧，梓、瓦碧克。」

女王米拉蓓爾「啪」地打了個響指。

清脆的微響在牆壁之間反射，而在回音散去的幾秒鐘內——

「都聽到了吧。我要你們前去保護希絲蓓爾。」

「——遵命！」

「希絲蓓爾小姐乃是我重要的小姐。我願起誓將她平安帶回王宮。」

人影憑空乍現。

一男一女的星靈使如遊絲般現身，跪倒在女王面前。兩人皆是有「王宮守護星」之稱的王室護衛。

……是母親大人的親衛隊呢。

……真是的，還是老樣子，把本小姐嚇得膽戰心驚的。

這兩人打從一開始就待在謁見廳裡。

他們完全沒有發出一點聲音，也做到了完全透明化，無法以肉眼看穿。

他們所寄宿的星靈，其匿蹤能力甚至凌駕於帝國軍最新開發的光學迷彩之上，兩人想必平時就在謁見廳裡待命。

之所以用了「想必」兩字而無法斷言，是因為即使是愛麗絲這樣的身分，她親眼看到這兩人身影的次數也不超過五次的緣故。

「那孩子若是乖乖待在獨立國家，要保護起來倒也容易，但狀況不太好說呢。希望行動能一切順利。」

兩名王宮守護星的身影驀地消失。

女王沒多加理會迅速自女王謁見廳出發的兩名護衛，交抱起雙臂說道：

「這麼說來，愛麗絲，為防萬一，我得確認一件事。」

「好的。請問是什麼事？」

「關於希絲蓓爾在獨立國家遇到的那名帝國士兵，妳有看到他的長相嗎？那個人究竟是何許人也？」

「不，女兒也不認識他。」

燐似乎有話想說，但愛麗絲沒加以理會。

「女兒既沒在獨立國家遇到他，也沒在戰場上碰見他，亦不曾與他在中立都市相會……呃，燐，還有呢？」

「小的認為沉默是金。」

「也是呢。就是這樣，母親大人，女兒什麼也不曉得。那個叫什麼伊思卡的帝國士兵，女兒可是一丁點兒都沒有頭緒。」

「您過度強調，反而惹人起疑。」

「妳、妳好吵呀，燐！真是的……」

愛麗絲斬釘截鐵地——

將頭撇至一旁，這麼作出了回答。

3

獨立國家阿薩米拉——

在石榴石大飯店十七樓的咖啡廳裡。

「客人要點什麼？」

「我要一杯草莓冰沙。」

有著粉金色長髮，身穿連身裙的少女對著笑吟吟前來點餐的店員點了點頭。

「各位，感謝你們特地前來。呃……各位分別是米司蜜絲隊長、伊思卡、音音還有陣，我應該沒說錯名字吧？」

希絲蓓爾・露・涅比利斯九世。

繼承了始祖涅比利斯的血脈，同時也是現任女王希絲蓓爾之女，她對著眼前的四名帝國軍人一一唱名。

「對了，有一件事我必須說明在先。各位的名字是我事先調查過，而非透過伊思卡口中所知曉的。」

「這種小事一點也不重要。」

一行人於六人座的位子隔桌而坐。

伊思卡、音音和米司蜜絲坐在其中一側的沙發上，而對側的沙發上則坐著氣定神閒的希絲蓓爾一人。

至於回話的狙擊手陣則是沒有就座，就這麼站在一旁。

「我已經從伊思卡口中聽說過妳的事了。有屁快放。」

「在進入正題之前，你不先找個位子坐下嗎？」

「哪裡還有位子啊。」

「我身旁不是還空著嗎？」

真皮製的高級沙發足以容納三名大人入座，若是嬌小的女性，想必能容納足足四人吧。

希絲蓓爾伸手「砰砰砰」地拍了左右兩旁的空位。

「喏，就是這裡。我的左右皆有空位，請挑個中意的位子就座。」

陣沒有回話。

看到他的反應，可愛的魔女瞇細了眼睛。

「哎呀，還是說——」

她露出了挑釁的眼神。

「和我這樣的魔女並坐，會掃了你的興致嗎？」

「你是來找帝國士兵（我）聊天的嗎？那我要回去了。」

「……」

「妳若是準備了對我方有益的話題，那麼是要我跟妳並坐還是怎麼樣都行，所以有什麼事就快說。」

希絲蓓爾沉默不語。

不過，她隨即略帶苦笑地嘆了口氣。

「嗯，我為剛才的行為道歉。畢竟伊思卡姑且不論，我不清楚你們的為人，於是設了個情境想測試你們……如你所言，我這就切入對各位有益的正題。這樣應該無妨吧，米司蜜絲隊長？」

「是、是滴！」

被喊到名字的隊長，整個人從沙發上彈跳起來。

感覺就像被上官召集時一樣緊張。

……啊，這是派不上用場的狀態啊。

……隊長整個人用力過度，反而讓動作變得太僵硬了。

然而，伊思卡卻沒辦法出言斥責。

畢竟她突如其來地撞見了目的不明的魔女，而且還要求與眾人交涉，腦袋會變得一片空白也是無可厚非。

「看來是不能指望了。隊長，妳就乖乖坐下吧，站著只會惹人注意——喂，伊思卡。」

「……我知道了。」

伊思卡對著音音和陣點了點頭，接著輕輕舉手說道：

「就由我作為代表，這樣可以嗎？」

「當然可以呀！」

「……那個，妳的聲音好像突然變得很有活力，是我的錯覺嗎？」

「請別在意。對我來說，與認識的對象交談也會輕鬆許多……咳咳，伊思卡，我們兩天沒見了呢。」

還打算繼續裝蒜啊。

對伊思卡來說，他實在很想在內心大嘆一口氣。

純血種希絲蓓爾的星靈為「燈」，即使是在形形色色的星靈之中，也有著極其罕見的時空干涉能力，能以影像的方式重現過去的光景。

……就算昨天沒和她碰過面。

……她八成也用了星靈的力量窺探了我們的一舉一動吧？

最好的證明，就是她已經查到了眾人的下塌處。想成昨天和今天的所有行動都被她看在眼裡，應該比較符合現況吧。

「就我個人來說，我一直以為妳已經逃到國外了。」

她的處境和帝國部隊（己方）不同。

希絲蓓爾乃是堂堂涅比利斯皇廳的公主。她處於人身安全堪慮的狀態，而身在此地的資訊也掌握在假面卿的手裡。

照理來說，她應該得想方設法找個安全的地方藏身才是；除此之外的事情皆無從思考。

「原來妳還待在國內啊……」

「我當然打算出境了，接下來將會忙得馬不停蹄。」

魔女公主微笑著點了點頭。

「而且還是在各位的陪同下成行呢。」

她點的草莓冰沙在這時送了上來。

希絲蓓爾將小費交到店員手裡，而在那名店員走回後場的這段期間，在場的所有人全都說不出話來。

在帝國部隊的陪同下成行？

「那是什麼意思？我醜話說在前頭，我們可沒打算乖乖當別人的俘虜啊。」

「我想請各位擔任我的護衛。」

「……什麼？」

陣皺起眉頭。

對於大出意料之外的這句話，他展露出焦慮和困惑的反應。

「我不懂妳的意思。護衛？妳是要我們四個當保鏢？」

「是的。」

希絲蓓爾露出純真的笑容頷首。

「我想前往涅比利斯皇廳的王宮。我想委託各位的工作，便是排除那些企圖在路途中襲擊我的星靈部隊。」

「我拒絕。喂，隊長、伊思卡、音音，我們走人了。要是在這種地方和敵人聊些有的沒的，最後被司令部逮到的話，我們只會無端受到波及。」

「你說謊。」

「……什麼？」

「你不想讓帝國軍方知道的，是那位隊長變成了魔女的事實吧？」

隔著一張餐桌——

魔女之國的公主，凝視著剛成為魔女不久的隊長——凝視著她隱藏星紋的左肩。

「是這樣沒錯吧，伊思卡？」

「……妳已經知道了啊。」

以希絲蓓爾的能力來說，就是被拆穿此事也沒什麼好訝異的。

他想起了某幅光景。

「妳該不會是在前天晚上——殲滅物體來襲的時候察覺的吧？」

「星靈反應體。一、二、三、四、五……六。統計結束——」

假面卿加上四名部下，合計是五人。

而若是再加上米司蜜絲，則就成為了六人。

帝國的「魔女獵手機體」已將米司蜜絲登記為魔女。

「是的，我已確認過當時的景象。至於米司蜜絲隊長，我雖然不明白妳的來歷，但妳肩膀上的星紋恐怕是後天得來的吧？」

「唔！」

嬌小的女隊長驀地一顫。

「帝國境內理應已經誕生不出先天的星靈使了，而仰賴醫療貼布遮掩星紋的手法也過於拙劣，畢竟那種粗製濫造的產品，遮擋不了星靈能量。」

希絲蓓爾的掌心上頭放著一枚貼紙。

那與如今貼在米司蜜絲肩膀上的貼紙是同一種款式。

「這是名為『星鐵』的特殊材料。這款能防止星靈能量洩漏的材料，目前的帝國尚無力生產。我沒說錯吧？」

「……是的。」

為了讓米司蜜絲也能明白，伊思卡出聲回應並點了點頭。

這下可以明白了。

為了拉攏己方成為保鏢，這位魔女公主已經準備好難以拒絕的回禮。

……居然來這一招啊。

……的確，對現在的我們來說，這是求之若渴的寶物。無論從好或壞的方向解讀皆然。

帝國境內並不存在。

但皇廳卻有生產。

而那便是能隱瞞米司蜜絲隊長魔女化事實的方法。

「我會提供藏匿星紋的知識，作為擔任我護衛的謝禮。只要有這枚貼紙在手，就算於帝國境內行走，也不再需要提心吊膽。」

場面安靜了下來。

伊思卡和音音都斂起嘴角，而米司蜜絲則是按著自己的左肩，心神不寧地嘴唇微顫。

「我並沒有要各位背叛帝國的意思。盯上我的乃皇廳的星靈使；而讓帝國軍和星靈使交手可說是再自然不過。是這樣沒錯吧，米司蜜絲隊長？」

「……那、那妳的意思是……呃……」

「簡單來說，就是類似休戰條約一類的東西。這是極為正當的交易喔，妳不妨——」

「不用再說下去了。」

「好的，話題結束！」

伊思卡和音音的喊聲交疊在一起。

這不是收到指示後所採取的行動，但他們異口同聲的默契之美，甚至讓希絲蓓爾不禁交互看向兩人。

一體同心——在場所有人的想法肯定都是一樣的。

「我知道了，希絲蓓爾。就這樣吧，交涉成立。」

「唔！阿、阿伊，你等一下！」

「這是部下（我們）的共同意見。」

伊思卡使了個眼色——他的對象不是窺探自己臉孔的隊長，而是坐在沙發上的音音。

「對吧？」

「沒錯。以立場來說，隊長不能贊同這種提案。就算是為了取得遮掩魔女化（祕密）的貼紙，也不能當敵國人上的保鏢呢。」

音音點了點頭。

「所以由音音我們逕自舉手贊成，這樣就不成問題了吧。」

「……可、可是，音音小妹！」

「這裡有絕不能讓步的條件。我們絕不參與會對帝國有害的行動。」

陣語重心長地開口說。

他俯視正在啜飲草莓冰沙的公主，露出了惡狠狠的眼神。

「要是遇上了妳遭受帝國軍追捕的狀況，我們就會見死不救。」

「這當然沒問題。」

「我們的行動只有兩種：一是與妳同行，二是只在妳受到星靈部隊襲擊時出面迎擊。」

「我也接受這樣的條件。」

「最後，我們能待在帝國境外的時間，就只有不需承接任務的這五十天空檔，而能耗在妳這趟遠行上的時間就只有三十天。」

「我明白了。」

「…………真是的，這算什麼狗屁長假啊。」

陣按著額頭，悄悄地觀察咖啡廳的狀況。

這時是略晚的早餐時間。觀光客散坐在店內，店員們也忙著行走於各桌之間。

「畢竟得照著內容行事，所以我們接下來會先回旅館房間準備，然後再出發……雖然我想這麼說；但我最後要先問一個問題。『妳被盯上的理由為何』？」

「…………」

「若不明白這一點，我們就很難保護妳的人身安全。根據妳被盯上的事由嚴重性，敵方派遣星靈部隊的規模也會有所增減，而我們所要因應的作戰方針當然也會有變。」

魔女公主沉默不語。

有那麼一瞬間，她將視線瞥向伊思卡，而這肯定不是眾人的錯覺。

「……皇廳並非團結一致。」

慎重地——

魔女謹慎地挑選用字遣詞，小心翼翼地道出內幕：

「『我是涅比利斯王宮的其中一名家臣』，但王宮裡也充斥著諸多派閥和算計。帝國想必也是如此吧？某人光榮晉級，同時就會有某人左遷他處。而王宮裡也存在著妨礙我，藉以獲取利益之人。」

「……妳是說那個叫假面卿的傢伙嗎？」

「是的。我還有另外一事相報，而這是絕無虛假的預言。」

她轉頭看向依舊一臉緊張的女隊長。

「我若是回不了王宮，恐怕在一年之內就會爆發帝國與皇廳的全面性戰爭。那將會是真正的以血洗血、戰到最後一卒的毀滅性廝殺。」

「————全面！」

「隊長，不可以！」

音音連忙摀住米司蜜絲的嘴巴。

要是再慢個一秒，米司蜜絲大喊「全面性戰爭！」的慘叫聲，肯定就會迴蕩在整座咖啡廳裡頭吧。

「兩國的全面性戰爭將會為星球帶來毀滅，因此我希望能儘速返回王宮之中……啊，我應該先把這件事說出來才對呢。這樣無論是於情還是於理，各位應該都會不得不接受吧。」

「妳、妳這話是什麼意思……」

米司蜜絲顫抖著嘴唇說道：

「身為帝國軍的隊長，人家不能置若罔聞呀……」

「詳情就等回到旅館房間再談論吧。要是不小心在此遭到竊聽，我也會很頭痛的。」

希絲蓓爾站起身子。

她拿起擱在桌上的帳單，走向咖啡廳櫃臺。

「接下來前往各位的房間吧。啊，這筆帳單由我來支付。這是我與各位友好的證明。」

「就只有妳這傢伙在喝草莓冰沙吧，我們可是什麼屁都沒點啊。」

「……請容我解釋一句。」

她甩動長髮和連身裙。

涅比利斯的第三公主，以氣勢洶洶的眼神回望著陣。

「即使我身居高位，和帝國部隊（你們）對話仍會感到緊張。為了緩解乾渴的喉嚨，點杯草莓冰沙應當不至於招致天譴吧？」

「不，我想說的是，這筆帳本來就該由妳——」

「好了，我們出發吧。」

「喂，聽別人說話啊！」

伊思卡這下明白了。

……啊，讓這兩人相處的話會很危險。

……他們恐怕是澈底地不對盤，而且是打從個性的根本就合不來。

這位公主莫名高傲的銳氣，和總是讓思緒保持井然有序的陣互有衝突。

「陣，你沒事吧？」

「不成問題啦。雖然感覺會累積不少壓力。」

銀髮狙擊手瀟灑地向前邁步。

陣挺著肩膀破風直行，以可靠的口吻這麼斷定：

「不過是讓問題兒童從隊長一個變成兩個而已。若只需相處三十天，那我還忍得住。」

## 4

魔女的樂園「涅比利斯皇廳」——

這個國家過去是由始祖涅比利斯的雙胞胎妹妹——涅比利斯一世所建。而從她延續下來的三支血脈則是處於王室的頂點。

現任女王所屬的露家——

她們在持續與帝國交戰的同時，也盡力避免同胞——星靈部隊的犧牲。

屬於激進派的佐亞家——

他們是不惜犧牲一切也要摧毀帝國的家族。

屬於中庸派的休朵拉家——

無論處於何種時代，他們都能以柔軟的身段服從該任女王，表現出優秀參謀的氣度。

三大王室。

這三大家族各住在一座塔裡。而其中一座塔，便是露家的大本營——「星之塔」。

女王的寢室與愛麗絲的個人房等設施皆設置於此。

而愛麗絲如今所在的位置，並不是自己的房間。

「愛麗絲大人，在這種地方懶散地躺著真的不要緊嗎？」

「本小姐是睡在床上，又沒有關係。」

「小的的意思是，睡在別人的房間著實不妥。」

「哪有什麼不妥，反正她八成還待在國外呀。」

這裡是第三公主希絲蓓爾的房間。

愛麗絲自顧自地躺在寢室床上，愣愣地仰望著天花板。

……等那孩子回來之後，大概會透過星靈之力得知本小姐曾待在此處吧。

……但現在才擔心這種事未免也太遲了。畢竟都在獨立國家見過面了呢。

這麼說來——

上次和妹妹面對面談話，究竟是多久之前的事了？就算在走廊上偶遇，她不是會無視自己，就是以冷漠的語氣說一句：「恕我失陪了。」拒絕自己的提議。

……稍稍放心了呢。

……因為我一直搞不懂她在想什麼，所以至今都有點怕她。

雖說是女王聖別大典的競爭對手，但終究還是自己的家人。對愛麗絲來說，身為姊姊，與妹妹對話是再自然不過的事。

不過，也不曉得妹妹對這樣的想法作何感想。

「姊姊大人，您認識這名帝國劍士嗎？」

她明明下定決心，不打算將自己與伊思卡之間的關係暴露給任何人知道。畢竟就算遭到旁人目擊，這世上應該也沒人認得出一介帝國士兵的長相才是。

失算了。自己可以說是處處失算。

「……唉。」

「愛麗絲大人，您怎麼了？為何唉聲嘆氣地像是在說『本小姐很憂鬱』呀？」

「我說，燐。妳覺得希絲蓓爾現在會在哪裡，又會做些什麼事呢？」

「答案很快就會明瞭。畢竟女王大人已經派遣兩名護衛，前去保護她的人身安全了。」

隨從的回答有些冷淡。

這是合理而客觀的答覆。

但就愛麗絲的主觀來說，她湧上的只有不好的預感。

「……那孩子該不會跑去和伊思卡混在一起了吧？」

「伊思卡，我果然沒有看走眼。」

「我在將你收爲部下之前，是絕對不會死心的。我一定會讓你成爲我的部下！」

砰——她拍打床鋪彈起身子。

「開什麼玩笑呀！」

「愛麗絲大人，您失去理智了嗎！」

「沒事，本小姐非常冷靜。不過，什麼叫『把你收為部下』呀？伊思卡可是本小姐的勁敵，她要是敢出手的話……！」

愛麗絲回想起希絲蓓爾那時候的表情。

她的雙眸溼潤，臉上寫滿了希望，是從未在親姊姊面前展露過的神情。這說什麼都不能原諒，豈能讓她擺出那種諂媚的態度。

「說起來，一國的公主居然說要將帝國士兵收為部下，這真是教人難以置信！成何體統！帝國應該是我國所要擊敗的對象吧！」

「愛麗絲大人，您之前好像也說過類似的話……」

「燐。」

「小的失言了。您請繼續。」

「總之！不管發生什麼事，伊思卡都不會向皇廳投誠。這點本小姐比任何人都還清楚，哪有她置喙的餘地！」

他(伊思卡)絕對沒辦法和星靈使和平共處。

正因如此——

愛麗絲希望自己能作為星靈使代表，與代表帝國的劍士分出個高下。

「本小姐認可他(伊思卡)的，就只有身為一名敵人的立場。一旦在戰場上相會，就絕對不會手下留情。就彼此雙方得全力以赴的層面來說，他確實是本小姐的勁敵呢。」

「愛麗絲大人，您說得對。我等是絕不能與之和平共處的。」

「……是呀，本小姐只能透過戰鬥與伊思卡交流而已。」

所謂的勁敵，並不是感情融洽的意思。

而是總有一天非得決鬥不可的一層烙印。他們無法融洽相處，只能在戰場相會，直至其中一方雙膝觸地為止。

「本小姐早已作好了如此沉痛的覺悟……可是……那孩子(妹妹)她……」

她咬緊牙關。

愛麗絲感到憤怒不已，此時正從全身上下噴發出冷冽的寒氣；然而她卻沒能察覺到自己這樣的狀況。

「看來還是得給她一點教訓才行。」

「愛麗絲大人！請、請您冷靜下來，整間房都開始結霜了！」

「哎、哎呀？」

窗戶蒙上了一片雪白。

窗簾的下緣也凍出了冰柱。

「小的能明白您的心情，但還請您寬心以待。畢竟在國民的心目中，露家三姊妹可是相當和睦的啊。」

「……嗯，妳說得對。」

當然，這是基於政治上的理由。

只要是在國民目光所及之處，愛麗絲就會掛著笑容握住希絲蓓爾的手；但在踏入城裡的那一瞬間，妹妹就會變得完全閉口不言。

「……哎，算了、算了。」

讓心情平復下來吧。

她用力吸了一口氣，緩緩吐出。

「不論怎麼想，我都不認為她是認真想將伊思卡收為部下的。只希望這樣的想法能夠如我所願呀。」

愛麗絲從寢室的窗戶向外看去。

她遠眺著遙遠沙漠所在的方位，嘆了口氣。

# Chapter.2　「姊妹戰爭爆發在即」

## 1

「小姐，我們穿過國境了。」

「各位聽見了嗎？我們已穿過獨立國家阿薩米拉的國境，如今隨時都有刺客在暗處潛伏的危險，還請各位千萬小心。」

循環觀光巴士行駛在廣大的沙漠上頭——

包圍獨立國家阿薩米拉的這片沙漠，同時也以大型徊獸——蛇王（巴吉刀斯克）的巢穴為人所知。

人類視線無能觸及的非法地帶。

然而比起徊獸更需要提防的，當然就是其他人類的襲擊了。

「具體來說，就是那個假面男子的一眾黨羽呢。」

在豪華巴士（加長禮車）裡的希絲蓓爾，宛如車掌般揚聲說道。她之所以在聲音裡鼓足了幹勁，肯定是因為車裡有四名帝國軍人的關係。

「根據我的猜測，敵人的數量並不多，但全都是精銳部隊。他們的目標是擄走我，而為了防止這個情況——」

「我聽得耳朵都要生繭了。」

陣坐在皮革座椅上傻眼地說道：

「前天是在我們住的旅館內，昨天則是在妳住的旅館內。明明聽一遍就夠了，妳卻重複說了兩遍，而這已經是第三遍了。」

「這、這不是該多說幾次的重要事項嗎！」

希絲蓓爾氣鼓鼓地反駁道：

「我們昨天和前天都已經交互詢問了許多細節，此時重提舊話，為的便是複習資訊。」

「是涅比利斯皇廳的背叛者對吧？那夥人企圖顛覆現任女王的政權，然後打算與帝國進行全面性的戰爭。」

「就、就是這樣！」

「但就現實層面來說，我們可沒有確認這些資訊真偽的方法啊。」

帝國軍人（陣）將魔女（希絲蓓爾）的話語當耳邊風。

「說得極端點，目前也還無法完全否定『妳本人就是企圖顛覆王權的叛徒』的可能性。但無論如何，敵方的問題一切都與我們無關。對我們來說，涅比利斯的女王就是敵方勢力的首腦。」

「…………」

「要是牽扯過多的話，我們可是會被帝國司令部盯上。我可不想背負這種風險。」

「……嗯，你說得沒錯。」

皇廳的第三公主咬緊雙唇。

而在她的身後——

「您說得極為正確。」

坐在駕駛座上的老者輕聲呢喃道：

「我等之間的交涉並非基於信任，而是基於戰略上的互惠（交易）。是以從今而後，我方所提供的資訊，也只會限定與各位的護衛任務有關的層面。」

此人是公主的貼身侍從修鈸茲。

他是將摻著白髮的頭髮打理得十分整齊的老者，穿在身上的黑西裝沒有一絲皺折，是一名與「老奸巨猾」一詞極為匹配的男子。

他目前擔任公車的駕駛員，同時留意著假面卿派來的追兵。

……是和燐一樣的隨從嗎？

……據說他是希絲蓓爾在王宮裡唯一信任的人物。

但兩者在戰力上有決定性的不同。相較於兼任愛麗絲護衛的燐，這位名為修鈸茲的老者，其星靈的能力並不適合戰鬥。

「大小姐，這是一場交易，無須將感情投入其中。」

「……修鈸茲，這我自然知道。」

希絲蓓爾作了個深呼吸。

「總而言之，我想說的是，那些盯上我的刺客，就交給各位排除了。」

「隊長，妳覺得可以接受嗎？」

「咦？啊，好、好的！」

坐在座位上的女隊長連忙端正坐姿。

「但、但就僅此一次而已！等委託結束後，就別再和咱們扯上關係了！」

「這是當然。但在這段期間，就有勞各位大展身手了。畢竟我與各位如今是一同跨越國境、感情融洽的交易對象(商業伙伴)呢。」

希絲蓓爾一臉滿足地點點頭後，優雅地在巴士內邁步。

然後——

「就是這麼回事，伊思卡，你明白了吧？」

「啥？」

「從今天開始，你就是我的部下了喲！」

在米司蜜絲和伊思卡之間——

魔女公主氣勢洶洶地在兩人之間的空位上坐了下來。她伸出手臂，像是要勾著自己（伊思卡）的胳膊似的抱了上來。

「這正是星之命運。我和你肯定能締結良好的主僕關係！」

「……那個……」

「接下來無論遇上什麼困難，我們都要齊心協力地解決喔。」

「我……應該是保鏢吧？」

自己是什麼時候被當成部下的？

既然說是交易對象，那彼此的立場應該是平起平坐的高度才對。

「哎呀，是這樣沒錯呢。是我失禮了。」

她顯露出假惺惺的語氣。

看似明知故犯的希絲蓓爾露出了淘氣的笑容，也不曉得是不是自己多心了，她與自己的距離莫名地近。

隔著輕薄的連身裙，可以感受到少女的胸部富有彈性地擠了上來。雖說尺寸有些收斂，但擠壓的力道與柔軟的觸感都是貨真價實。

她緊盯著自己。

眼眸中帶著水氣與熱度。

「只要你點頭的話，我隨時都願意將你收為部下喲？」

「給我等一下——————！」

「反對、反對！音音我說——————什麼都反對！」

音音與米司蜜絲的怒吼聲響徹巴士。

「妳、妳妳妳妳這個魔女在胡說八道些什麼呀！阿伊可是人家的部下耶！」

「哎呀，米司蜜絲隊長，妳不也是魔女之身嗎？」

「伊思卡哥是音音我的同伴耶！不可以不經同意就搶走他啦！」

「我現在也是他的同伴，所以沒有任何問題。」

三人相互瞪視。

不過，最先作出讓步的卻是希絲蓓爾。

「……有你們這些同伴，著實讓我大為安心。正如各位所見，我的同伴一直都只有修鈸茲一人而已。」

沒人質疑她的這番說法。

第九〇七部隊並不打算深究希絲蓓爾的身分與目的——這是陣的提議，而米司蜜絲隊長也採納了。

……雖說這是為了避免招致帝國司令部懷疑所做的保險。

……但就結果來說，希絲蓓爾也得以隱瞞自己的底細。

第三公主希絲蓓爾——

就伊思卡所知，她的目的主要有二。

其一是保護母親——也就是現任女王的性命。

其二是揪出企圖顛覆國家的背叛者。只要用上她的星靈慢慢調查，想必總有一天能夠水落石出吧。

而知道這件事的就只有伊思卡自己而已。

米司蜜絲、陣和音音都選擇「不多加打聽」。

……我想，陣的判斷應該是正確的。

……我之所以沒辦法將和愛麗絲之間的關係告訴他們三個，也是基於同樣的理由。

與皇廳扯上關連的帝國人，會被處以極刑。

就連使徒聖(伊思卡)這種無可取代的人才，也被判處了無期徒刑。機構司令部對背叛者絕對不會有絲毫心軟。

「不過，今天的氣溫還是一樣炎熱呢。」

魔女公主搧著手掌說道：

「前來此地的時候也是教我苦不堪言，橫越沙漠著實是一件苦差事呢。要是有愛麗絲姊姊大人在，是不是能迅速讓天氣涼爽幾分呢？」

「嗯？」

「啊，不、不是的！我什麼都沒說！」

被一臉嫌煩的陣狠狠一瞪，希絲蓓爾連忙轉向他處。

「伊思卡，你看起來倒是不受影響呢。」

「我也覺得熱啊，不過冷氣開得夠強，還有……」

希絲蓓爾嘴上喊熱，但一直沒有從自己身邊抽離的意思。說起來，這輛巴士裡的座位可說是要多少有多少。

「……選個涼爽的位子應該就會好多了吧？」

「我可不喜歡這麼做。」

她用力將頭撇開。

這樣的動作非常孩子氣。仔細想想，自己還不曉得她的年紀。

若是純粹就外貌來比較，應該比音音小個一、兩歲吧。

「你幾歲呀？」

「現在十六，年底就十七了。」

「……咦？那我還比你大一歲呢。」

……這麼說來。

……好像也和愛麗絲有過類似的對話呢。

愛麗絲的妹妹如今待在自己的身旁。

始祖的血脈，純血種，女王的女兒——

要是作為談和的人質，可以說沒有比她更好的對象了。伊思卡在戰場上拚了命尋找的魔女，如今卻是這麼地毫無防備，而且還將身子貼上來。

……就是要以帝國軍人的身分逮捕她，也是順理成章之舉。

……但不能這麼做。我們還需要能隱瞞隊長魔女化的貼紙。

希絲蓓爾是他們的交涉對象。

沒錯，正因為如此——

所以這是「無可奈何」的狀況。他並沒有對此產生感情。

他會再次抓住這名曾被自己放跑的少女。在結束這次的護衛委託後，一旦在戰場上相會，自己就下得了手。

這和愛麗絲的狀況一樣。一旦在戰場上相見，就只有交戰一途。

「希絲蓓爾，我得聲明在先。」

他在話聲中灌注了力量，凝視身旁的少女。

像是在披荊斬棘一般。

「一旦結束這次的護衛任務，我們就再無瓜葛，會變回在戰場上廝殺的敵人。妳應該明白這一點吧？」

「這是當然的喲。」

少女用力點點頭。

不過，她的話語聲卻莫名地顯得雀躍。

「只到護衛任務結束為止——反過來說，你在護衛的這段期間，就是我的同伴了。這句話是在表現你的決心對吧！」

「……………」

適得其反了。

明明打算劃清界線，卻反而被她擺了一道。

「——沒關係的，只要在護衛的期限內就好。」

「希絲蓓爾？」

「……我是真的很感謝你。你願意和我一起來，真的是太好了。」

那是細若蚊鳴的話聲。

除了伊思卡之外，無論是米司蜜絲隊長、音音還是陣，想必都沒聽見魔女公主自心底擠出的真心話吧。

憑藉的不是話聲——

她抵在自己肩頭上的肩膀正微微顫抖，傳達了她的真心。

「我會遵守約定。只要能順利返抵王宮，我一定會交出能隱藏星紋的貼紙。所以我請求你，請你一定要保護我喔……」

「————」

不妙。這是所謂的不可抗力。

一旦被這麼要求，他就沒辦法拒絕希絲蓓爾像這樣緊貼著自己身體的舉動。至少在當她保鏢的這段期間，希絲蓓爾確實握有這樣的權利。

……還真是前途茫茫啊。

……剛才那句話才是她的真心話吧。這我當然明白了。

只不過，緊抱著伊思卡的雇主（希絲蓓爾），其左右的米司蜜絲隊長與音音投來的視線，不知怎地變得相當凶狠。

那過於銳利的眼光，就連自己都不禁心生恐懼。

「不不不，因為這是不可抗力的因素啦……」

伊思卡輕聲這麼低喃，隨即嘆了口氣。

## 2

在橫越沙漠後的高速公路上。

巴士刻意繞著遠路，在前往鄰近中立都市的路線上行駛了四個小時。

「小姐。」

「…………」

「小姐，請醒醒。」

「——呀啊！」

被駕駛座上的老者這麼呼喚，原本兀自好眠的少女登時彈起身子。她從伊思卡身旁的座位站起，隨即像是回過神來似的環顧車內。

「呃，那個……已經抵達國境了嗎？」

「這裡是高速公路休息站的停車場，主要為搭乘長距離循環觀光巴士的觀光客提供服務，同時設有旅館和餐廳等設施。這應該是小姐初次到訪吧。」

在車輛外頭——

隨從修鉞茲指著已經被夜色染黑的天空，從駕駛座上起身說道：

「為了躲避佐亞家的耳目，小的所挑選的路線並非通往皇廳的最短路徑。由於夜晚的高速公路伴隨著危險——徊獸有可能會跑上車道的關係，今晚似乎在這座休息站過夜為佳。」

「修鉞茲，你的判斷很精確呢。而且我的肚子也餓了。」

在停車場的不遠處。

希絲蓓爾所看往的方向，正是被路燈照耀的餐廳招牌。

「走吧，伊思卡。這裡有好多間餐廳呢，該選哪一間好呢？」

「我們只是保鏢，所以就以妳挑的店為主吧。」

「哎呀！」

魔女公主（極為強硬地）握住了伊思卡的手，發出了感動的話語聲說：

「你要跟著我前去，也就是同舟共濟的意思。這完全是在訴說要當我部下的心意對吧！」

「……睡了一覺後，妳似乎變得有精神多了。」

「是的。託你的福，我熟得相當沉。這點你也功不可沒呢！」

希絲蓓爾拉著自己的手前行。

在身旁發出鼾息的時候，她看起來明明是那麼地嬌柔可愛，然而現在卻散發著強勢大小姐的氛圍。

「既然妳變得這麼有精神，那麼也差不多該放開我的——」

「那可不行。」

早知道就不說了。

只見希絲蓓爾再次抱住了他的手臂，其力道之大甚至讓伊思卡萌生後悔的念頭。

而在兩人的身旁——

「這是任務這是任務這是任務這是任務這是任務……」

「隊長，喂！隊長，妳散發出陰森的殺氣了喔。」

「這是在當保鏢這是在當保鏢這是在當保鏢……」

「喂，音音，別連妳都受影響了啊。」

兩人的眼睛都布滿了血絲。

她倆對著魔女(局外人)發出的「不准妳再接近伊思卡」的壓力宛如針扎。但不巧的是，希絲蓓爾這位當事人不擅長接收這種氣息，所以完全沒有注意到。

「要挑哪一間餐廳好呢？」

魔女公主抱著伊思卡的手臂說道。

明明是雇主和保鏢的關係，她卻表現得像是個黏著親哥哥的小妹。

「啊，不如這樣吧，伊思卡。作為友好的證明，你就猜猜我喜歡吃的東西吧。你所回答的答案，就當作是今晚的晚餐吧。」

「妳喜歡吃的東西？」

「呵呵，你看起來很傷腦筋呢。這一題有點困難，不如我就出三個選項——」

「……義大利麵。」

「咦？不、不會吧，你一猜就中大獎了耶！」

過於震驚的希絲蓓爾半張著嘴。

「你為什麼知道我最喜歡吃的就是義大利麵？」

「靠直覺猜的。」

果然是姊妹啊。

他藏著內心微微泛起的苦笑，穿過夜晚的停車場。

……這麼說來，不曉得愛麗絲現在怎麼樣了。

……她應該早早回到皇廳裡了。不過，她應該也窮於應付善後處理吧？

皇廳並非團結一致。

即便是涅比利斯女王的女兒們也不例外。

「那孩子不是妳妹妹嗎？」

「是我妹妹沒錯。不過……能當上女王的只有一個人喔。」

姊妹之間是相互牽制的關係。

愛麗絲不希望將自己與帝國士兵多次邂逅的情形透露給妹妹知道。

希絲蓓爾則是為了搜索背地裡勾結帝國的背叛者，而警戒著姊姊。

而這些緣由——

就只有身為敵人的自己知悉。真是何等諷刺。明明是親姊妹，卻因為競爭下一任女王寶座的立場而不能傳遞給彼此。

……這不是我需要操心的事。

……那是敵國的內情，不是一介帝國兵需要在乎的事。

就只是如此而已。

就算姊妹倆喜歡的食物如出一轍，就算能從中看出無形的姊妹羈絆，自己也不能為此萌生任何感情。

「哎呀？伊思卡，怎麼了？為什麼嘆氣呀？」

「因為很想嘆氣啊……」

伊思卡撇過頭，這麼回應魔女公主。

3

涅比利斯王宮「星之塔」——

來到位於其中一隅的個人房——「鐘之寶石箱」的露臺眺望夜空，是愛麗絲就寢之前的小小樂趣。

「……今天就這麼過去了呢，真是稍縱即逝。」

在漆黑的天球上頭閃爍著無數的繁星，宛若打翻的寶石箱。

盡收眼底的，是多不勝數的星座，以及從天頂落至地平線的流星。

「唔，好冷……」

寒風滲入了體內。

愛麗絲身上只穿著輕薄的睡衣，承受著冰冷夜風的吹拂。她全身起了雞皮疙瘩，忍不住打起寒顫。

……但這不打緊。

……總覺得腦袋變得愈來愈清晰了。

她倚在露臺的扶手上，嘆了口氣。

「那孩子現在究竟在做什麼呢……」

女王昨天派出了兩名護衛。而護衛最快會在今晚，抑或是明天的日出時分抵達獨立國家阿薩米拉吧。

在兩人抵達之前，希絲蓓爾可以說是毫無防備。

只靠她的貼身侍從修鈸茲難以保護周全。若是帝國再次派出殲滅物體那樣的敵人，恐怕就會有性命危險。

……不，更危險的是佐亞家才對。

……他們極有可能以反叛皇廳的罪嫌，將妹妹拘捕起來。

三大血族握有異端審問的特權。

一旦露家、佐亞家和休朵拉家之中有人涉嫌叛國，那麼執行所謂的「自淨」——亦即拘捕血族便是王室的義務。

「但現在還不是時候。那可以說是最後的底線。目前希絲蓓爾還處於非黑非白的灰色地帶，他們應該不會魯莽行事才對……」

佐亞家錯過了天大的好機會。

那便是數天前，希絲蓓爾和伊思卡接觸的那一瞬間。

要是希絲蓓爾當下被當成現行犯逮捕，那無論是愛麗絲或是女王，都無法出面為她袒護。

「小希絲蓓爾，站在妳身旁的少年是誰呀？」

「請聽我解釋，假面卿！我並沒有投靠帝國！」

就結果來說，由帝國所派遣的殲滅物體到場一事，可說是解救了希絲蓓爾。

假面卿之所以選擇撤退，也是判斷在他國土地造成騷動，會有損佐亞家利益的關係吧。

「不過，他依然對希絲蓓爾抱持著懷疑呢。若本小姐處於佐亞家的立場，接下來——」

「愛麗絲大人。」

身穿女傭服的燐，恰巧在這時出現在寒風吹拂的露臺上。

「很抱歉，在您就寢之際前來叨擾。」

「怎麼了？」

「有訪客。小的是來詢問您是否要拒絕會客。」

在這種時間有訪客？

從露臺眺望的皇廳鬧區，此時已有約莫一半的住家熄了燈。就連愛麗絲本人現在穿的，也是不能出去見人的睡衣。

輕薄的睡衣乃是以高檔絲綢製成，甚至淡淡地透出底下的桃色肌膚。

「就拒絕掉吧。居然挑在這種深夜時分前來拜會公主，我可沒有理會這種無禮之徒的興致……為防萬一，我就姑且一問，前來造訪的是哪一位？」

「是假面卿。」

「…………………等等。」

光是說出這兩個字喊住燐，就磨耗了她大部分的精力。

腦袋一片昏沉。

早知道就不要問了。應該在沒問出名字的狀況下直接請對方打道回府才是。

「……燐，妳是怎麼想的？」

「那個男人還真是惹人厭的天才呢。」

隨從少女絲毫沒有要遮掩厭惡感的意思。

「愛麗絲大人不只貴為公主，還是一名淑女。在這種深夜造訪您的閨房，可說是極為欠缺常識。若沒有佐亞家招牌人物的頭銜，小的早就朝他的背部踹上一腳了。」

「說得一點也沒錯。」

「但小的也能預測假面卿的藉口。他恐怕會說些『狀況就是緊急到必須冒犯禮數』云云吧。實際上來說，他想必已經備妥了相關的話題。當然，愛麗絲大人仍有拒絕的權利。」

「……要是把他轟出去的話，這回就輪到本小姐夜不能眠了呢。」

「是的。據小的猜測，他便是預判到這一點，才會刻意上門來訪。」

假面卿究竟想找自己談些什麼事？

反正肯定是一些動歪腦筋的內容吧。愛麗絲認為，自己極有可能會因為苦思著話題的內容而輾轉難眠，既然如此，還不如趁今晚聽他說個明白，再好好睡上一覺。

……畢竟本小姐的想法似乎都被他參透了。

……真不愧是佐亞家首屈一指的謀略家。

「真沒辦法。燐，去準備茶和點心，不用準備我的份了。」

她沒等燐出聲回應，逕自調轉腳步。

從露臺走回個人房裡的客廳。

她披上厚重的浴袍遮住肌膚，在桌旁的座位上入座。

「那麼，愛麗絲大人，我這就帶客人進來。」

燐將門扉打開。

門後站著一名男子，他穿戴著和平時相同的假面與黑衣。

「這可真是失敬。面對年輕的少女，我竟然犯下如此欠缺禮數的行徑，本人深感抱歉。」

「是少女『們』喔。」

「嗯？」

「燐也算在內呢。」

「哦哦，這是我的疏忽。沒錯，小燐也是個青春年華的少女呢。」

在門扉的另一側——

佐亞家首屈一指的策士站在走廊上頭，絲毫沒有要踏入愛麗絲房內的意思。

「哎呀，沒什麼，我只是不習慣在這種深夜時分打擾異性的閨房。小愛麗絲，妳就繼續坐在那邊無妨。小燐，妳也不必為我備茶了。」

這是何等目中無人的行徑。

明知在深夜造訪會惹得己方不快，卻同時展露自身虛偽的紳士風度，而這一切全都在他的掌握之中。

「那麼，您有何貴幹呢？」

「是關於妳妹妹的事。我方才已向女王陛下報告迄今所發生的事。」

「……是和希絲蓓爾有關的事？」

這是在她意料之中的話題。

但對方的態度實在過於坦率，反而勾起了愛麗絲的戒心。

「我就直接問了。妳可知道小希絲蓓爾有與帝國暗中勾結的嫌疑？」

「我不知道。」

她沒有絲毫迷惘。

同時也沒有說謊。妹妹確實在一年前和帝國士兵有過一段交流，但愛麗絲也知道這不構成希絲蓓爾勾結帝國的動機。

反而是佐亞家似乎正處心積慮，打算捏造妹妹勾結帝國的嫌疑。

「那孩子勾結帝國？請問這是什麼意思？」

「我個人也深感遺憾，然而那卻是事實。小希絲蓓爾在獨立國家阿薩米拉，接觸了一名帝國士兵。」

「……然後呢？」

「女王陛下認為，她絕無勾結帝國的可能。」

「這是當然的。」

母親不可能點頭同意他的說法。

畢竟為了守護愛女，她甚至在昨天暗中派了自己的護衛出去。

「當然，我也希望小希絲蓓爾的嫌疑只是空穴來風。」

「你是認真的嗎？」

「當然是啦。不過嫌疑終究是嫌疑，得由小希絲蓓爾證明自己的清白才能洗清冤屈。若是放任這樣的情況，恐怕會有損王室的威信呢。為此，我也希望小希絲蓓爾能儘速返抵國門……然而——」

假面底下流洩出看似失望的嘆息。

「『卻找不到她的人影』。」

「……發生什麼事了嗎？」

「妳妹妹似乎已經不在獨立國家阿薩米拉境內了。這是女王陛下剛才直接告訴我的消息。」

「這也沒什麼好奇怪的。此事也在女王的意料之中。」

就連愛麗絲也都猜到會是這樣了。

被帝國的殲滅物體襲擊，加上與伊思卡的接觸遭到假面卿目擊。

對這兩件事心生厭煩的希絲蓓爾，帶著隨從修鈫茲躲往周遭國家——這樣的反應可說是合情合理。

「那麼，假面卿，您究竟想說什麼？」

「小希絲蓓爾似乎是帶著某些人一同離開的。而這就是今晚的主題。」

叩——

以指尖輕彈堅硬面具的動作，是這名男子的習慣之一，同時也是在將難題推給對方時展露的招牌動作——

「『是帝國軍喔』。」

「唔！」

「小希絲蓓爾和帝國士兵獨處的光景，被我和部下們，合計五人目擊到了。而在我抵達現場後，小希絲蓓爾立刻抽身離去。若說是有帝國軍從中協助，聽起來豈不是很順理成章嗎？」

「不可能有這種事。」

愛麗絲的內心沒有說謊。

……希絲蓓爾曾被帝國軍拘捕過，而當時救她的正是伊思卡。

……那孩子對帝國軍就只有滿腔的恨意而已。

但知道箇中緣由的就只有愛麗絲而已。

而麻煩的部分在於，愛麗絲就算想說出事實，也缺乏佐證。

對佐亞家來說，這「無法對任何人說出真相」的狀況，正是讓露家大揹黑鍋的最佳良機。

同時也是反客為主——將露家從女王聖別大典上一腳踹落的好機會。

「無論如何，小希絲蓓爾的嫌疑如今變得更難洗清了。畢竟是她自己選擇不告而別的。」

「……您也向女王報告了相同的內容吧？」

「沒錯，女王這回就無法拒絕我的提議了。畢竟狀況明顯不同了呢。」

什麼提議——

不待愛麗絲詢問，假面卿便吊起了嘴角。

「我們將編制小希絲蓓爾的搜索隊，由佐亞家和露家兩家聯手出擊。佐亞家由我主事，至於露家——」

「您要本小姐出馬？今晚造訪，就是來傳達此事的對吧？」

「沒錯。讓我們感情融洽地一同搜尋小希絲蓓爾吧。」

如此一來，假面卿就公開獲得搜索希絲蓓爾的正當理由。

而要進行聯合搜索的理由也是顯而易見。

……之所以推舉我擔任露家的主事者，是因為推測最先察覺妹妹行蹤的人，會是她姊姊的關係吧。

……也就是要我交出相關資訊的意思吧。

愈來愈教人惱火。

若不是在這個男人的面前，愛麗絲實在很想大嘆一口氣。

「我明白了。這個話題結束了嗎？」

「唔嗯。夜已經深了，我也差不多是時候離開了。那麼小愛麗絲、小燐，祝妳們好夢。」

「——好的。」

感覺今晚會作惡夢呢。

愛麗絲強忍著衝上喉嚨的冷嘲熱諷，目送背對自己的紳士離去。

「燐。」

在隨從關上房門之後。

愛麗絲用力握緊拳頭。

「……本小姐可是很不服輸的。主導權就這麼落到那人的手裡，我可沒辦法接受。」

「小的明白。」

「幫我出點主意吧。區區佐亞家，看本小姐把你們整得灰頭土臉。」

4

魔女的樂園——

涅比利斯皇廳第八州黎世巴登——

此區緊鄰皇廳國境，與中立都市往來甚密，以孕育出多位世界級的大文豪聞名於世。城鎮整頓得井井有條，往來的人潮氣氛和樂。

若是將目光投向廣場旁的咖啡廳露天座位區，就能看到許多女子正在享受下午茶時光。

「伊思卡，你怎麼啦？」

和自己並肩走在人行道上的希絲蓓爾，驀地停下腳步抬頭仰望。

「你很在意那間店嗎？」

「……沒事，我只是覺得無論國情為何，咖啡廳給人的氛圍都差不了多少。」

一邊是機械運作的理想鄉「帝國」。

另一邊則是魔女的樂園「涅比利斯皇廳」。

機械文明與星靈文明——雖說這兩者在世人眼裡是完全相反的國情，但實際上一直到一百年前，皇廳的人民都還住在帝國之中，是後來才造反並獨立建國的。

……文明的根基完全一樣。不管是語言還是鬧區的景象都一樣。

……差異最大的部分，大概就是紙鈔了吧。

除此之外——

若要舉出肉眼看不見的差異，那就是走在街道上的男女老幼，全都是「魔女」或是「魔人」這一點吧。

就連站在咖啡廳露天座位區的打工少女，在帝國也是讓人聞風喪膽的魔女。少女雖然看起來憨傻天真，但一旦動起真格，說不定能使出連帝國士兵都束手無策的強大星靈術。

……在一百年前的帝國，這類衝突可說是家常便飯。

……也曾發生過星靈使少女因為和凡人男友吵架，憤而使出星靈術傷害對方的事件。

一般的人類根本無從抵抗。

而對於重傷生還的當事人來說，他應該再也無法將少女視為情人，而是一名比野獸更為可怕的「魔女」吧。

所以帝國才會引以為戒，開始迫害起星靈使。

這也是歷史留下的軌跡之一。

「……這麼簡單就放帝國士兵入境，真的不要緊嗎？」

「我不是已經說過了嗎，有我在就不用擔心呢。」

希絲蓓爾身穿男女同款的運動罩衫，戴著帽緣壓低的帽子，甚至還戴上了平光眼鏡，可說是在變裝上下足了功夫。

伊思卡則是穿著質地輕薄的襯衫。

他選擇的同樣是中立都市常見的輕便穿著，而且未將兩把星劍帶在身上。會被認出是帝國人的特徵大概趨近於零。

「這第八州的國境，有許多優秀的檢查官。一旦見到我和修鈸茲的臉孔，他們就全部都會肅然起敬，然後二話不說地看臉放行呢。」

「會看臉放行的檢查官真的很優秀嗎……？」

「我可是有好好拿出身為公主的證據。在證明我的公主身分後，若是還打算檢驗身後的護衛身分，那就太不識趣了。」

希絲蓓爾與隨從修鈸茲有辦法證明自己的身分。

而也不曉得是幸或是不幸，隊長米司蜜絲因為成了魔女，所以能夠通過星紋審判。至於剩下的伊思卡、音音和陣，則是在走出國境關卡之前都冷汗直冒。

「要是有什麼萬一，對方要求我們進行星紋審判——」

「那我就會大聲喊叫，要他們知難而退。敢對公主的護衛起疑，還能算是合格的檢查官嗎？當然，一旦真相曝了光，固然會引發天大的騷動……」

希絲蓓爾將帝國兵引入皇廳一事若是曝光——

那肯定會引發一場驚天動地的騷動，甚至危害到現任女王的政權存續吧。

「我也是很努力的，說什麼都要儘快返回王宮才行。王宮如今已成了怪物的巢穴，我絕不能棄女王於不顧。」

希絲蓓爾語氣平淡地回應道。

不過，伊思卡卻從中聽見了首次聽到的詞彙。

「怪物？」

這是個陌生的名詞。

雖說對於蛇王巴吉力斯克一類的大型徊獸也會給予這樣的稱呼，但他實在很想像女王所居住的王宮會有徊獸在其中徘徊。

難道是隱喻某個魔人或是魔女的說法嗎？

「……這麼說來，我還沒告訴你呢。」

走在人行道上的希絲蓓爾壓低音量。

不過，將帽沿拉低的少女，卻是戰戰兢兢地搖了搖頭。

「不，是我失言了。那是和護衛任務無關的話語。」

「我知道了。」

「……話說回來，走了這麼多路，我有點累了呢。」

嬌小的魔女公主停下腳步。

她伸手指向位於人行道另一側的蛋糕店招牌說道：

「走到那邊的時候，我們就去喝個茶吧。」

「讓帝國兵（我）進餐廳不要緊嗎？」

「說想看皇廳市街風貌的，不就是伊思卡你嗎？若這裡是中央洲，或許得從嚴處理，但若是第八州黎世巴登的平凡店鋪，倒也不是不能通融。」

「換句話說，就是被帝國兵打探也不成問題了？」

「就是這麼回事。帝國人能這麼光明正大地參觀皇廳，恐怕是有史以來頭一遭吧。你應該充滿好奇心吧？」

公主淘氣地笑了笑。

「就算曾貴為使徒聖，你也是首次看到皇廳的街景吧？」

「是啊。」

點頭同意的伊思卡雖然表現得有些僵硬，但希絲蓓爾並沒有察覺異狀。

……她絕對想不到吧。

……我曾被她的親姊姊（愛麗絲）綁架，以俘虜的身分在第十三州（厄卡托茲）走了一趟。

他有過入境皇廳的經歷。

不過，當時的他是被軟禁在旅館王族專用貴賓室的狀態，因此伊思卡幾乎沒見識過皇廳都市的光景。

……米司蜜絲隊長、音音和陣在這方面就具備了充分的知識。

……畢竟他們為了來救我，曾在第十三州的街上待了好幾天。

沒有相關知識的就只有伊思卡而已。

所以他讓三人和隨從（修鈸茲）留在房內，獨自外出。

「萬一出了事，卻因不熟悉皇廳地理而喪失了地利之機，那可不是鬧著玩的。有什麼問題都可以問我喔。」

「那我就問幾個問題吧。這鎮上有架設檢測星靈能源的機器嗎？」

帝國的都市會設置這一類的器材。

一旦有星靈部隊的刺客潛入，就能在第一時間加以察覺。

「有喔。不過設置的目的和帝國不同。這種機器檢測的並非微量的星靈能源，而是僅針對強大力量進行檢測的警報裝置喔。」

「這不是用來警戒帝國兵入侵的對策吧？」

「那是國境關卡的工作。畢竟第八州有著曾讓許多國家成為附庸國的歷史，因此除了星靈使之外，還有許多來自其他地區的人們生活。」

「那架設這種機器的目的是什麼？」

「……你們帝國裡也有拿槍枝做壞事的人存在吧？」

魔女公主苦笑道。

之所以不直接回答，是因為認定自己能得出正確答案的關係吧。

「為了偵測使用星靈術進行犯罪的狀況？像是強盜或是毀損器物一類的？」

「沒錯。寄宿了強大星靈之人，不見得都是正人君子。雖說現在數量已減少許多，但過去這類罪犯可說是層出不窮。為了收容這些犯人，皇廳各處都建造起監獄塔，而其中最有名的——」

「是第十三州嗎？」

「真不愧是前使徒聖，對皇廳也是知之甚詳呢。」

希絲蓓爾以佩服的神情說道：

「那些惡名昭彰的罪犯，我們反而會刻意以『魔女』或『魔人』來稱呼他們。特別是『其中最為窮凶極惡、名為薩林哲的魔人』——哎呀，這句完全是畫蛇添足呢，我一個不小心就說得太多了。」

「…………」

超越的魔人薩林哲。

這記憶猶新的名字，讓伊思卡不禁倒抽了一口氣。

「第三次統合（第三階段）——『人與星靈的統合』。」

「在這顆星球上，能憑一己之力抵達那個境界的就只有寥寥二人。這兩人都是貨眞價實的怪物。但我有朝一日也會抵達該處。」

伊思卡不打算思考那句話的意思。

無論他擁有再強大的力量，那名男子都已在愛麗絲的指揮下遭受逮捕。正因為知道了這樣的內幕——

希絲蓓爾的下一句話，讓伊思卡以為自己聽錯了。

「如今的皇廳（我國），正為了搜捕那名魔人（薩林哲），而派遣了警務隊在各州展開巡邏呢。」

「……妳說什麼？」

「那還只是不久之前的事呢。那名魔人策劃了一樁逃獄事件，雖說逃獄時被湊巧待在第十三州的愛麗絲姊姊大人逮住，但理應重回大牢的那名男子，似乎是以星靈術造出的分身。在有所察覺時，牢房裡已是空無一人。」

「…………」

「所以皇廳也提高了警戒層級。這對我們來說也是壞消息。畢竟到處都有警務隊展開搜查呢…………哎呀，伊思卡？」

希絲蓓爾快嘴說完，愣愣地眨了眨眼。

「怎麼了？有什麼讓你在意的地方嗎？」

「……是有一些啦。不過，我們得優先考慮的，終究還是下一步的行動吧？妳打算怎麼回到中央洲？」

「沒錯，接下來才是重頭戲。」

在用於變裝的眼鏡底下。

第三公主的雙眼緩緩地染上了緊張的氣息。

「由於通過了國境關卡，我現在的所在位置應當已經傳至王宮了。」

「連假面卿也知道？」

「是的。能預期的是，我在前往王宮的途中會遭受妨礙。當然，我也抱持著會克服障礙強行前進的決心。只要能抵達王宮即可。」

用燈之星靈揪出背叛者。

而那人便是將希絲蓓爾前往獨立國家的情資洩漏給假面卿的告密者。

「假面卿！您、您為何會出現在這裡……」

「只是湊巧放了個假啊。這一點也沒什麼好奇怪的。」

可疑人選有兩位。

而且希絲蓓爾還曾經提及，那兩人都是王室成員。不過伊思卡並沒有探問具體人名，也不打算深入皇廳內部的鬥爭。

「能再問一個問題嗎？」

「請說。」

「妳的家人，難道沒有和妳站在同一陣線嗎？」

他不曉得那個叫假面卿的男子，究竟在王宮裡享有什麼樣的權力地位。

但若是有姊姊愛麗絲在場——

那麼就算被假面卿盯上，也會因為受到愛麗絲保護，而讓對方處於投鼠忌器的狀態才是。

……我不能把和愛麗絲之間的交情說出口。

……雖然只能用這種拐彎抹角的說法，但她應該聽得出我的意思才是。

現在不是該接受姊姊的庇護才對嗎？

對於伊思卡的弦外之音，妹妹卻只是露出了自嘲的笑容。

「我能信任的就只有母親大人而已。我目前還不能相信愛麗絲姊姊大人。」

「我知道了。」

「……好像聊得有點太久了呢。」

希絲蓓爾停下腳步，轉頭看去。

她看向人行道遙遠的後方。理應是兩人目的地的蛋糕店，也在兩人交談的過程中被遠遠拋到了後頭。

「回去吧。」

「要走回那間店嗎？」

「不，我們回旅館吧。畢竟隨從還在等我，你的部隊也差不多開始擔心了吧。這次我就忍著不吃蛋糕了。」

她調轉腳步。

沿著來時的道路筆直折返。

「……呼，好熱呀。走這麼多路，出了不少汗，回去得洗個澡才行呢。」

「是因為那頂帽子的關係吧？」

「是呀。頭髮都悶在裡面，實在教人難熬。這種時候，我就很羨慕留短髮的男士呢。」

希絲蓓爾稍稍抬高了帽沿，嘆了口氣。

然後——

她像是緊纏著伊思卡的手臂不放似的，以自然而然的動作環抱上去，看起來就像是一對約會中的情侶會做的事。

她努力將小巧的胸部硬是貼在男士（伊思卡）的手臂上頭。

「呼，這下舒服多了。就這麼回旅館去吧。」

「要維持這個姿勢嗎！」

「這也是作戰的一環喔。警務隊恐怕作夢也想不到，一國的公主居然會如此大膽地進行約會……欸，伊思卡？」

她以雀躍不已的可愛嗓聲說道。

滿臉笑容的少女，露出了有所期待的眼神。

「我可還沒打消將你收為部下的念頭喔。」

「待太久會招人懷疑的，快回去吧。」

「啊，真是的，你有聽我說話嗎！欸，我說，伊思卡！」

伊思卡將視線從纏著手臂的希絲蓓爾身上挪開，在異國的土地上邁步而行。

# Intermission 「是誰之物？」

## 1

「找到那孩子了？她人居然在第八州？」

水花劇烈地飛上半空。

愛麗絲宛如躍出水面的海豚一般，從充斥著乳白色湯泉的浴池中站起身子。

「請、請等一下，愛麗絲大人！我的衣服會被濺溼的！」

燐蹬著被潑了水的地墊，慌慌張張地向後退去。

而她也是向主子（愛麗絲）回報最新消息的當事人。

「我的衣服……」

「這可是大事一件吧？本小姐現在立刻出浴，等我換好衣服後，再麻煩妳詳細說明了。」

她走出浴室，面對鏡子而立。

被蒸氣蒙上一層水霧的鏡子，映照出愛麗絲泛著櫻花色的肌膚。溼潤的頭髮緊貼在宛如出水芙蓉的裸身上頭，散發出名畫般的藝術之美。

「……當公主還真麻煩，這種時候也要注重肌膚保養才行嗎？」

「您已經美到不需要對著鏡子操心了呢。哎呀，而且還真是教人羨慕呢。」

燐的目光投向的——並非愛麗絲的肌膚。

而是愛麗絲雙手交抱的胸口。

那對豐滿的胸脯沉甸甸地落在交抱的手臂上頭。即便受到雙臂自下方的施力，也仍是保持著大而圓潤的形狀。

「實在是太完美了。」

「妳是看著本小姐的哪裡說話的？」

「不，小的什麼也沒說……唉，愛麗絲大人的那個還真是宏偉啊……」

順帶一提，燐本人就算如法炮製，雙臂上方也僅是空無一物。這教人傷心的個體差異，似乎讓隨從感到很不是滋味。

「喏，愛麗絲大人，請快點著裝吧。」

「等等、等等，我得把水分擦乾才行。」

她前往脫衣間——

慌慌張張地用浴巾擦拭金色長髮上的水分。

接著趁燐準備衣物的期間，用浴巾擦去肌膚上的水滴。這原本是身為隨從的燐的分內事，但如今的愛麗絲可等不了這麼長的時間。

「好了，說給本小姐聽吧。」

「小的能回報的情報不多。接近今天正午時分，希絲蓓爾大人入境了皇廳的國境關卡。」

「然後就進了第八州對吧？」

她穿上內衣，讓手臂穿過睡衣的袖口。

「就只有她和隨從兩人嗎？」

「還有四名護衛的人物隨行。根據希絲蓓爾大人的說法，她是為了穿越沙漠，才在獨立國家僱用了傭兵。」

「……相當合理的作法呢。」

在傭兵的保護下穿越沙漠，確實是聰明之舉。

她想必也是考慮過假面卿所率領的佐亞家會設下埋伏的可能性吧。

「本小姐放心了。這下就能說明女王派遣的兩名護衛和她錯身而過的理由，而她本人也平安無事呢。」

「是的。她想必會儘快返回中央州，但女王大人希望您能前去第八州保護希絲蓓爾大人。」

「由我去？可是會有多餘的同行人士跟著喔。」

「我們將編制小希絲蓓爾的搜索隊，由佐亞家和露家兩家聯手出擊。」

「讓我們感情融洽地一同搜尋小希絲蓓爾吧。」

愛麗絲不被允許單獨前去搜索。

「就算找到了那孩子，要是假面卿在本小姐身邊，那事情就難辦了。」

「已經發布了血族的召集令。」

燐的回答相當迅速。

「在女王的指示下，露家、佐亞家和休朵拉家將於明天召開血族協議。身為佐亞家第二把交椅的假面卿，說什麼都得出席。」

「……可是，那本小姐不也是一樣嗎？」

由當家和第二把交椅出席的血族會議。

而根據露家近年來的規矩，都是由女王和愛麗絲出席。就算能絆住假面卿的腳步，愛麗絲也不免必須出席會議。

「現在有伊莉蒂雅大人在。」

「啊！對呀，姊姊大人現在待在王宮裡，所以我不用參加也沒關係了呢！」

真不愧是女王（母親）。

在上一回女王聖別大典之中脫穎而出的手腕，時至今日依舊老練。

「佐亞家無法在明天展開行動，就請愛麗絲大人率領露家的實戰部隊（特務）前往第八州了。」

「我知道了……老實說，本小姐還是不明白那孩子在想什麼，但妹妹終究是妹妹呀。」

既然妹妹有難，就該為她兩肋插刀。

只要在明天日出時出發，就能在傍晚抵達第八州。

「本小姐得去救她才行。」

然而——

此時的愛麗絲還不曉得，她很快就會為說過這句話感到後悔。

## 2

涅比利斯皇廳第八州黎世巴登——

晚上十點。

從皇廳企業旗下的菲莉克斯酒店向外看去，能將閃爍著霓虹燈的鬧區一覽無遺。這間高級旅館除了富庶階級的觀光客會入住之外，大型企業也會用以舉辦社交聚會。

而在高階樓層的其中一間房裡——

「實在是沒辦法接受啊。」

儘管客廳裡擺設著品味不凡的古董家具、頂級作工的沙發和大尺寸電視，仍顯得十分寬敞。

而陣此時靠著椅子的椅背。

「這豪華的程度已經能在我人生中穩穩榮登第一名了。到底是在開什麼玩笑……」

「沒辦法平靜下來呢。」

如此回應的伊思卡則是躺臥在地毯上頭。

由於沙發實在太過奢華，就算坐上去也只有如坐針氈的感覺；反而是像這樣躺在地板上還顯得自在許多。

……在我的人生大概是排行第二吧。

……和愛麗絲一起住的那間房是第一名。畢竟那好像是王族專用的貴賓室。

當時他是俘虜之身。

對伊思卡來說，他還是頭一次以客人的身分入住如此豪華的客房。

「希絲蓓爾的房間為九〇二號房，而我們則是位於隔壁的九〇一和九〇三號房。這間旅館本身就僱了保全，而且說起來，星靈部隊應該也不太可能會在皇廳境內引發騷動……」

伊思卡從躺臥的姿勢站起身子。

隨著他轉頭看去，原本應該待在九〇三號房的米司蜜絲隊長和音音，正一臉肅殺地坐在沙發上頭。

「既然狀況如此，隊長和音音也沒必要這麼緊繃啦。」

「阿伊，你錯了。」

「咦？」

「人家和音音小妹的警備……」

「是為了守護伊思卡哥喔。」

米司蜜絲和音音兩人的話聲，滲透出深不見底的凶狠殺機。

「為了不讓阿伊被害蟲叮咬，人家得好好把風才行呢。」

米司蜜絲握緊了手槍。

而身旁的音音也以雙手握著自製的高性能手榴彈。

「音音我有不好的預感喔。總覺得那名魔女會摸黑跑進伊思卡哥的房間裡，然後喊些什麼『我在夜裡也需要保鏢』呢。」

「…………」

他沒辦法否定。畢竟在獨立國家阿薩米拉的時候，她就曾孤身一人潛進伊思卡的房間。

「但妳們坐的是我要拿來當床的沙發啊……」

「音音我不讓。伊思卡哥的床就是戰場的最前線，要是有敵人入侵了，音音我就只能用這顆破片手榴彈把對方炸得粉身碎骨！」

「為了守護阿伊，人家必須用這把手槍把敵人射成蜂窩！」

兩名帝國軍人的表情都極為認真。

要是希絲蓓爾真的半夜闖入，那她們真的會開火迎擊。

「我、我說妳們兩位，別這麼衝動啦！」

「人家可是很認真的！」

「音音我也是認真到了極點呢！」

═══

九〇二號房——

在點著小小夜燈的寢室裡——

「…………」

在對於嬌小的少女顯得過大的床鋪上，希絲蓓爾正不發一語地用輕薄的浴巾包覆著身子。

浴巾底下是一絲不掛的裸身。

這是因為在將入浴後的溼髮弄乾之前，她已連更衣的力氣都不剩，就這麼疲憊地躺在床鋪上頭的關係。

……我不是才剛抵達母國而已嗎？

……但為何會疲憊到這種地步？

所謂的逃亡行程，居然是如此消磨心力的東西嗎……

「接下來才是重頭戲。真正的勾心鬥角才剛要開始……」

她順利返抵第八州黎世巴登。

但在穿越國境的瞬間，她的所在位置也成了公開資訊。首先會由佐亞家派出刺客——他們恐怕會打著「保護第三公主」的名義組織搜索隊吧。

而露家也會參上一腳。

第一公主（伊莉蒂雅）與第二公主（愛麗絲）想必也會出動私人軍隊。

「不能寬心以對……我能信任的就只有女王而已。我現在已能確定，和佐亞家暗中有往來的，就是伊莉蒂雅姊姊大人或是愛麗絲姊姊大人的其中之一。」

其中一方，或是兩方皆為背叛者。

而那人與自己偶然發現的「**那頭怪物**」是同伴的可能性極高。

……是打算用保護的名義將我拘捕起來，進一步滅口嗎？

……才不會讓你們稱心如意！

她要先下手為強，揪出露家的背叛者並向女工稟報，將那人軟禁起來。

這樣一來，就能守住女王的性命了。

……我要保護母親大人。

……身為繼承了始祖大人血脈之人，說什麼都不能讓王室落入「那種怪物」手中。

胸口怦怦狂跳。

是因為極度緊張和亢奮的關係嗎？心臟疼得像是被針扎一般。根據隨從的說法，這是壓力過大所造成的精神損傷。

他還表示：「請您千萬保重自己的身體。」

「不，修鈸茲，如今只差最後一步了。我只要再稍微忍耐一下……」

勝利條件唯有一項——

那就是自食其力地回到王宮，揪出背叛者。

但敗北條件卻有三項——

那便是被長女伊莉蒂雅、次女愛麗絲莉潔，或是佐亞家的黨羽逮住。

一旦被抓住，就會直接遭到綁走，並在背叛者的指示下遭受軟禁或是滅口。所以她才希望有護衛陪同。

若是要說老實話——

順從來自內心深處的吶喊——

若陪同的並非暫時聘僱的護衛，而是能常伴左右的強大部下，那究竟能多讓人心安呢？

「欸，伊思卡？」

「我可還沒打消將你收爲部下的念頭喔。」

「…………」

她按住了左邊胸口。

雖然還在發育中，但小丘已經具備女性所特有的柔軟度。

就在今天白天的時候。

自己主動挽住了他（伊思卡）的手臂，嘗試以不甚熟悉的貼胸動作誘惑他。

因為他是年輕的異性。

以一名公主來說，這是相當可恥的行為。要是被女王瞧見，肯定免不了一陣斥罵。

……可是，母親大人。

……就以女王的「身段」為第一優先這點，我與母親大人抱持不同的意見。

尊嚴云云並不是最重要的。

只要能守住這個皇廳（國家），即使得拋下少女的衿持拚命誘惑對方，她也在所不惜。她不在乎自貶身段或是恬不知恥等評價。倘若要批判，反而是在戰爭中發起偷襲的一方更顯得低劣許多。

「我不要緊的……就算被視為骯髒的魔女也無妨……」

即使被看得再低，她也不介意。

就算被當成水性楊花的魔女也罷。

……然而，母親大人。

……我真的覺得……有個能讓我抱住的人在身旁，確實能帶來強烈的安心感……

和他在一起並不讓自己感到討厭。

「如今只有他能依靠了。」

抓住他的手臂，感受他的體溫。

就能讓自己打從心底感到安心。

雖說一開始真的只是為了試圖誘惑伊思卡，但在抱住他的這段期間，希絲蓓爾忘卻原本的目的，全心全意地投入其中。

要是能和他一直在一起該有多好——內心不禁浮現這樣的念頭。

「……還剩下二十四天，還是二十五天呢？」

伊思卡等第九〇七部隊所提出的護衛期間為三十天。

還有充分的時間。

不須焦躁，切實穩健地前往中央州，然後一口氣闖進王宮裡頭吧。

「眾多的星靈啊，還請為我引路——」

向星星許願。

假如祈禱終有一日能夠成真，那麼她願意獻上一次又一次的祈念。

# Chapter.3 「姊妹戰爭(愛麗絲火冒三丈)」

## 1

涅比利斯皇廳第八州黎世巴登——

朝陽為整頓得極為美觀的街道添彩。走路上學的少年少女們在細石板路上喧鬧，而他們身旁的車道也被通勤的車輛塞得水泄不通。

……雖說昨天也注意到這件事。

……不過和帝都的柏油路不一樣，皇廳的路面是鋪設石板啊？

和中立都市的風貌相近。

這塊土地還殘留昔日作為獨立國家時的餘影。

「伊思卡，你差不多該把窗簾拉上了。」

「啊，說得也是。」

旅館的九〇一號房——從客廳向外眺望的景色被窗簾遮住了。

他身後的希絲蓓爾正窩在沙發上頭。

米司蜜絲隊長和音音則是待在她的左右，兩人都頹坐在地毯上頭。

「還真是挑了個大早啟程呢。」

陣坐在桌旁的椅子上，銳利地瞪著魔女說道：

「妳的同伴，是叫修鈸茲來著？他好像已經離開這間旅館了對吧？」

「是的。我方才已經先將他派往中央州了。」

坐在沙發上的希絲蓓爾輕輕點頭。

平時綁成左右兩束馬尾的長髮，如今被垂直放下。光是這麼一點差異，就給人成熟穩重的印象，就連伊思卡都驚訝得多看了她幾眼。

「他的星靈適合用於隱匿行動，明天就能抵達中央州，而後天肯定就能順利謁見女王才對。我們只須等待他的聯絡即可。」

「我想問的，是在那個什麼謁見女王順利成功之後的下一步。」

陣的手裡握著狙擊槍的子彈。

什麼時候會派上用場？

這無言的舉止透露著這樣的意圖。

「能想到的結果有二。女王可能會派出自己的心腹前來迎接；而就算無法這麼做，她也會為我們安排安全的管道才對。」

「後面那個『無法這麼做』的原因為何？」

「有部分人士會對女王的一舉一動提出異議。正如我一開始說過的那般，涅比利斯的王室並非團結一致的。」

「妳是指那個假面男嗎？」

「關於這方面，只能說是不服女王之人的總體意志。」

「──所以說，我們就繼續在這裡待機是吧？看來似乎得等上四、五天啊。」

陣以肘拄著桌面，用拳頭托著臉頰說道。

攤在桌面上的，是這第八州黎世巴登的州地圖，地圖上畫了好幾個紅色的圓圈，而那都是旅館的位置。

「每隔兩天就要換個藏身之處。畢竟潛伏在同一個地方只會徒增風險，而且住宿過久也會招致旅館的懷疑。」

「就有勞各位判斷了。這是帝國軍人（你們）擅長的領域吧？」

希絲蓓爾戴上了眼鏡。

雖說是沒有度數的變裝用眼鏡，但在伊思卡看來，光是換了個髮型並戴上眼鏡，看起來就幾乎判若他人。

「一如事前的安排，我和伊思卡會外出巡視，地點是中央車站。根據我推測，若要從中央州派遣刺客，應該會利用這條鐵路幹線才對。」

這是刻意讓刺客目擊自己的請君入甕之計。

在和刺客打過照面後，只要用上希絲蓓爾的「燈」之星靈，那麼無論對方再怎麼躲藏，都有辦法循線追蹤。

然而——

假面卿的部隊已經認得第九〇七部隊（伊思卡一行人）的面孔。

「來，阿伊，換上這個加油吧。」

米司蜜絲遞來紙袋。

他打開紙袋，發現裡面裝的是和希絲蓓爾款式相似的變裝眼鏡。

「難道我也要戴嗎？」

「當然了。阿伊，你戴上看看……哇！好看、好看！音音小妹，妳覺得呢！」

「伊思卡哥好帥喔——！感覺變聰明了耶！」

「……總覺得高興不太起來啊。」

伊思卡不甘願地回應，對著鏡子嘆了口氣。

## 2

第八州黎世巴登──

中央車站「南阿爾托利亞」──

這座車站位於廣闊第八州的南端，能透過大陸鐵路前往中央州。除了擔任交通樞紐的功能之外，車站也設置了購物中心和旅館等多種設施，是一座多功能的建築物。

『即將抵達南阿爾托利亞站。請乘客留意隨身物品──』

「燐，我們走。」

「是是是，這玩意兒很重，還請您等我慢慢跟上，愛麗絲大人。」

愛麗絲從車廂裡跳了下來。

而燐則是追在她身後，拖著約環抱一人大小的行李箱。

「得快點找到那孩子才行。」

「您太躁進了。現在已經是黃昏時刻，得趁天黑之前找到旅館入住才行。畢竟得充當這幾天的據點。」

「哎呀，妳還沒找到旅館嗎？」

「……因為在小的正要預約的時候，愛麗絲大人就跳上車了呢。原本要搭的應該是預計在深夜抵達的下一班車呀。」

燐頹喪無力地說道。她身穿的並非平時的女傭服，而是難得一見的外出用連帽衫。

愛麗絲則是穿著前往中立都市等地觀光時常穿的連身裙，但也把頭髮盤了起來。

這時——

「愛麗絲大人。」

一男一女從另一節車廂下車，看似商務人士的兩人，在與愛麗絲擦肩而過時低聲說道：

「我們也順利抵達了。接下來會以這座中央車站為中心，開始分頭進行搜索。我們的第二部隊預計會搭下一班列車抵達。」

「我知道了。本小姐會在晚上九點召集你們。」

「遵命。」

兩人若無其事地離開。這對男女雖然穿著一絲不苟的西裝，但他們其實是與愛麗絲同行，直屬於女王的實戰（特務）部隊。

他們以自然的動作融入周遭的旅客之中，而愛麗絲則是目送他們離去。

「……那孩子該不會已經移動到其他州了吧？」

「國境關卡的回報是昨日傳來的，希絲蓓爾大人若是有那個心，應該就能穿過第八州（這裡），前往鄰近的其他州吧。」

然而，他們收到的指示卻是搜索此地。

而下達這個指示的，正是涅比利斯女王本人。

「根據母親大人的預測，希絲蓓爾應該還留在這裡對吧？」

「是的。女王陛下表示，女兒（希絲蓓爾）若是有好好動過腦，就一定會藏身於此，並派遣隨從修鈸茲作為聯絡人前往王宮。」

對希絲蓓爾來說，王宮乃是敵對勢力的大本營。

比起在不明白確切情勢的狀況下親自入城，還是派出隨從作為斥候比較妥當。而愛麗絲也同意這樣的作法。

「當然，即便仍待在此處，要搜出下落仍不是一件易事。畢竟光是這一州，就有數十萬人口居住。」

燐將行李箱拖在身後。

兩人前往中央車站的出口，並環視著陳列在車站各處的攤位——

「既然是愛麗絲大人的妹妹，那麼身為家人的您，應該能猜到她可能會去的地方吧？」

「要是知道的話，本小姐就不用那麼辛苦了。」

愛麗絲用力聳了聳肩作為回應。

「那孩子不是天天窩在房裡嗎？本小姐連她喜歡些什麼都不知道，甚至連喜歡的甜食是蛋糕還是布丁都不曉得呢。」

「還請您憑藉著天生的好運想點辦法吧。就用用您在中立都市和某位劍士連續相遇好幾次的力量……」

「本小姐和伊思卡只是巧遇而已喔。」

若是真有能碰見想遇到的人的力量，那她早就用在妹妹身上了。

說起來，就是和伊思卡的相遇也不盡人意。

……本小姐明明就是想和他在戰場上相遇。

……但每次見面不是在中立都市，就是在非戰場的場所呀。

這哪算得上什麼好運，根本是層出不窮的下下籤。

星之命運似乎正巧妙地運作，以調侃自己（愛麗絲）的思緒為樂。

「不過也是呢，猜猜希絲蓓爾會在哪些店家停留，倒也不失為一種樂趣。既然是這麼廣闊的土地，就得動點腦才有辦法找到人呢。」

愛麗絲打量被觀光客擠得人聲鼎沸的商家，接著，她伸手指向一家現打果汁店的招牌。

「就是那邊喔！」

「咦？愛麗絲大人，您認真的嗎……」

燐投以極度狐疑的眼光。

「那不過是一間任何中央車站都有的果汁舖罷了。這種用攪拌機打碎果汁加以販賣的商品，不可能成為希絲蓓爾大人上門光顧的對象。」

「因為她一定口渴了呀。」

愛麗絲對著一臉懷疑的燐招了招手，瀟灑地朝著果汁舖走去。

「這棟大樓人潮眾多，擠出了溼熱的環境，又被空調吹得十分乾燥。在這種情況下，應該會想喝些清爽的果汁潤潤喉才對。好啦，我們到現場進行勘驗吧，也順便應該點杯果汁來喝呢。」

「……愛麗絲大人，您只是想喝果汁才挑那間店的吧？」

「正因為本小姐想喝，所以我認為那孩子應該也會有一樣的想法喔。」

果汁舖只有幾個人在排隊。而且該說是理所當然嗎，這些人之中並沒有妹妹的身影。

「哎呀，真可惜。撲空了呢。」

「她不可能會在這裡。那麼，愛麗絲大人想喝什麼果汁呢？」

「我想想喔……」

以蘋果調味，極具營養價值的蔬果冰沙。

用濃純豆漿和黃豆粉混合的香蕉果汁。

奢侈地灑下大把鮮採草莓所打成的草莓冰沙。

雖說每一種看起來都相當好喝，但愛麗絲的目標是平時鮮少喝到的庶民派果汁——也就是擠上好幾層鮮奶油的特製哈密瓜汽水。

「決定好了。燐，我要喝——」

「不好意思，請給我一杯哈密瓜汽水和一杯草莓冰沙。」

「……咦？」

不是愛麗絲，也不是燐。

乖乖地在隊伍裡排隊的一名黑褐色頭髮的少年，在猶疑不定的愛麗絲等人面前開口喊道。他戴著黑框眼鏡，神情看起來相當穩重——

與伊思卡很是相似的長相和聲音。

就在愛麗絲愣愣地眺望此人的時候，接過果汁的少年調轉腳步，轉向了後方。

然後——

「……………奇怪？」

「……………………哎呀？」

兩人四目相交。

戴上了變裝眼鏡的帝國少年（伊思卡），目光對上了同樣是微服出巡、盤起頭髮的第二公主（愛麗絲莉潔）。

「是說，你果然是伊思卡嘛——！那副眼鏡是怎麼回事啦！」

「愛麗絲！妳為什麼會在這裡？」

明明是來找妹妹的，為什麼找到的卻是身為帝國人的伊思卡？

燐指著不應該待在此地的他揚聲吼道：

「你這傢伙，為何會出現在我國境內……你應該還待在沙漠之都才對吧？而且居然還這麼大搖大擺地上街！」

「…………」

「怎麼啦，變裝被人拆穿之後，嚇到連話都說不出來啦？」

「妳哪位啊？」

「……是、是我啊……！哎喲，真是的！這樣你就看得出來了吧！」

燐將放下的茶髮提起，在臉龐的左右兩側各握成一束髮辮。

不只是髮型大為不同，穿的也不是平時的女傭圍裙。在伊思卡眼裡，她應該根本變成了另一個人吧。

「這是怎麼一回事呀？」

愛麗絲從頭到腳打量起伊思卡。

最可疑的就是那副眼鏡了。她不認為伊思卡有視力方面的毛病，在中立都市相遇時也沒看他戴過，怎麼想都是用來變裝用的。

……哎呀哎呀，不過戴眼鏡也滿好看的呀？

……他本來就長著一張老實臉，這下子看起來更有知性……不對、不對，本小姐該想的不是這個！

愛麗絲驀然回神。

沒錯，問題在於他進行了變裝。

這無異於坦承了他是以帝國兵的身分入侵此地的事實。

「這是帝國交付的任務嗎？若是如此，本小姐可不能將你輕縱。」

「就、就說不是了！等等，愛麗絲，妳誤會了！」

兩手各握著一杯果汁的伊思卡向後退去。

「這不是帝國交付的任務。應該說，根本不能算是我想做的事。」

「是哪裡有差別了？」

「呃……所以說，總而言之呢，那個——」

伊思卡支支吾吾地回應。

當然，愛麗絲已經作好了攔阻去路的準備。帝國人入侵皇廳乃是重罪，而她也很在意其原因為何。

「我們到中央車站外面再好好聊聊吧。伊思卡，你就跟著本小姐——」

「愛麗絲大人。」

就在愛麗絲貼近伊思卡的時候，背後傳來了說話聲。

「您居然刻意在此等待我等，實在是榮幸之至。」

「屬下已順利抵達。」

「什、什麼！」

突然被直呼其名，讓愛麗絲拔尖了嗓聲回應。

——他們是兩名女王的實戰部隊成員。

穿著成套灰西裝的一對男女，站到了她的面前。

「愛麗絲大人，這一位是？」

兩名實戰部隊看向愛麗絲身旁的伊思卡。而伊思卡似乎也察覺到兩人並非泛泛之輩，將嘴角斂了起來。

怎麼會挑在這種最糟糕的時候抵達呀？

……本小姐正打算把伊思卡好好逼問一番呀。

……被實戰部隊目擊到，我可就不妙了啊。

伊思卡是一名帝國士兵。

而愛麗絲若是被問及：「妳為何能一口咬定此人是帝國人？」連自己都會沾上通敵之嫌。

「呃，那個，對了！本小姐是在帶路！這一位似乎在中央車站迷了路，所以我才告訴他離這裡最近的車站出口該怎麼走！」

兩害須取其輕。

愛麗絲咬緊後齒，伸手推了伊思卡的背部一把，要他快點離開。

「喏，你已經知道怎麼走了吧？」

「咦？啊，嗯。」

雖然一臉困惑，但伊思卡還是快步逃開。

「就如你們所見。」

「原來如此，是屬下失禮了。我等搭話的時機似乎很不湊巧。」

身穿西裝的一男一女恭敬地低頭致歉。

在旁人眼裡，愛麗絲應該是一名企業千金，而這兩人則是她的下屬吧。不會有人認為他們是王室的實戰部隊。

「就麻煩你們依循計畫行事了。我會在晚上九點召集你們，請至少派一個人過來。」

「屬下遵命。」

王室的同行者埋沒於人潮之中。

在完全看不見兩人的身影之後，愛麗絲對燐使了個眼色。

「燐。」

「是。帝國劍士朝著八號出口離開了。由於雙手都拿著果汁，他應該沒辦法用跑的離開此地才對。」

「果汁的數量也很重要喔。這代表伊思卡還有一個同伴。」

她朝著出口小跑起來。

另一人肯定是帝國部隊的同伴吧。根據愛麗絲的推測，在中立都市相遇的女隊長米司蜜絲的可能性最高，但若真是如此，那可就會相當尷尬了。

「卑鄙小人！」

「妳們對阿伊做了什麼事！明明知道這座城市是什麼樣的地方，還用上這種下流的手段！」

對她（米司蜜絲）來說，愛麗絲還是那個在中立都市對部下下手的卑鄙魔女。

當時的誤會沒能化解，她肯定還記著這筆帳吧。

……可不能沉浸在懊悔的念頭之中。

……就算真的是她，本小姐也不能允許帝國軍人入侵我國的行為。

要找出那個同伴，並加以拘捕。

若是他們逃跑的話，愛麗絲就會追逐到國境為止；而若是試圖反抗的話，她也作好了動用武力的心理準備。

「愛麗絲大人，我找到了！」

就在寫著「八號出口」的中央車站招牌底下——

一臉慌張的伊思卡正左顧右盼。

「臭小子，居然敢在那麼醒目的地方大剌剌地走動，而且手裡還拿著果汁。愛麗絲大人，您打算怎麼做？」

「……狀況有點古怪。」

為什麼不逃？

伊思卡若是全力狂奔，那無論是愛麗絲還是燐，肯定都追不上他的腳程。

「他似乎在等待某人的樣子呢。」

「是呀。不如說，我們應該將那個人抓起來當成人質呢。雖然不知那人是誰，但肯定不會比伊思卡更強吧。」

兩人屏氣凝神地躲在陰影處。

鎖定的目標並非伊思卡，而是另一人——

也就是較弱的那一方。要抓住那人當成人質，逼迫伊思卡投降——就在愛麗絲在腦海裡把一連串的行動轉化為活捉作戰的下一瞬間——

「伊思卡。」

一名少女踩著小踏步朝他走近。

她有著亮麗的粉金色長髮，臉上戴著眼鏡，呈現出知識分子的氛圍。雖說臉蛋看起來比愛麗絲稚嫩幾分，但可愛的程度絕不比自己遜色。

「讓你久等了，謝謝你幫我買果汁。」

少女露出甜美的笑容。

雖然放下了頭髮，也戴著眼鏡，但她的真面目是自己的妹妹希絲蓓爾。

「是那孩子！」

伊思卡在等的人是妹妹希絲蓓爾？

有著公主的高貴身分，居然將帝國士兵引進了國內？

……這是怎麼回事？

……這樣一來，不是和假面卿推測的狀況完全一樣了嗎！

愛麗絲原本以為那僅是捕風捉影的指控，沒想到——

「小希絲蓓爾立刻抽身離去。若說是有帝國軍從中協助，聽起來豈不是很順理成章嗎？」

「和說好的不一樣」。

對於希絲蓓爾為何會將帝國兵引入國內，愛麗絲也摸不著頭緒。

……那孩子和伊思卡的交情，應該只有一年前的那起事件才對呀。

……雖說一度在獨立國家阿薩米拉重逢，但她不也說過沒有更進一步的交流嗎？

然而現實證明，妹妹將帝國兵引進了國內。

只靠愛麗絲聽來的證詞，是無法說明現在的狀況的。難道說，希絲蓓爾和伊思卡之間有什麼不可告人的祕密嗎？

「這……可真是教人困擾。」

燐也難得地皺起眉頭。

「若純就事實來看，正如假面卿所言，希絲蓓爾大人正做著背叛皇廳的行為。然而，這樣的行動也未免顯得過於輕率了。」

伊思卡幾乎沒有藏住自己的長相。

就像愛麗絲有所察覺一般，一旦有人在皇廳境內認出伊思卡，肯定會對他投以懷疑的目光。

「希絲蓓爾，趁行蹤還沒曝光之前快走！」

「咦？等、等等，怎麼回事呀，伊思卡？為什麼要這麼慌張？」

兩人跑了起來。

在跑出中央車站的出口後之所以轉為步行，大概是伊思卡不想勾起希絲蓓爾太重的疑心吧。

「燐，妳覺得伊思卡會向希絲蓓爾報告他被我們認出來的事嗎？」

「他說不出口。」

燐追在兩人的身後說道：

「他若是老實地說：『糟糕了，希絲蓓爾，我被愛麗絲發現了。』那麼希絲蓓爾大人就會這麼反應——」

「伊思卡，這是什麼意思？」

「居然能將經過變裝的你一眼揭穿，難道你和姊姊大人有深厚的交情嗎？」

這回會輪到伊思卡招致希絲蓓爾懷疑。

所以他不能說。

伊思卡能辦到的，就只有跑出中央車站的出口而已。若是做的再更多一些，就會引起希絲蓓爾的懷疑。

「愛麗絲大人，這是個好機會。那名帝國劍士在行走時會配合希絲蓓爾大人的步調，我們就這麼跟在他們身後吧。」

「好呀，我不反對。」

開始跟蹤。

伊思卡和希絲蓓爾走在熙來攘往的人行道上，對愛麗絲來說，要跟蹤他們並不難。然而——

這種奇妙的心情是怎麼回事？

由於時值黃昏，受到橘紅色陽光照耀的兩人看起來是那麼地羅曼蒂克，宛如融洽並行的情侶。她對這種感覺莫名在意。

……這毛躁的心情是怎麼回事？

……本小姐明明這麼認真地在跟蹤，妹妹（那孩子）卻在做那種事？

狀況有了變化。

妹妹從伊思卡的手裡接過了其中一杯果汁。

「愛麗絲大人！希絲蓓爾大人拿了果汁！」

「……看就知道了。」

兩人邊喝果汁，邊再次邁出步伐。

兩人的距離似乎有些太接近了，這會是愛麗絲的錯覺嗎？

好近。太近了。

已經差不多到了肩膀互碰的距離了。

「那、那個距離是怎麼回事……！太靠近了啦！對方可是帝國兵耶？」

「愛麗絲大人，請看！」

循著燐的手指看去——

先一步喝光果汁的希絲蓓爾，居然抱住了伊思卡的手臂！她用自己纖細的雙手，纏住伊思卡的手肘。

由於伊思卡還沒把果汁喝完，所以沒有拒絕。

「等、等一下！伊思卡不是露出困惑的反應了嗎！那孩子居然還……！」

就算距離尚遠，也看得出伊思卡露出困窘的神情。

妹妹仰著頭，似乎很享受他這樣的反應，完全沒有要抽開身子的意思。

而最教人在意的，莫過於那羞赧的微笑了。

……我可從沒見過希絲蓓爾露出那種表情。

……居然展露了本小姐和母親大人都沒看過的表情！

雙頰紅潤，雙眼似乎也顯得溼潤。而在夕陽時分的氛圍加持下，兩人看起來根本不像是皇廳公主和帝國人這樣的關係。

完全像是個墜入情網的少女。

「…………」

看到她這副模樣──

愛麗絲感覺到身體產生了某種從未體驗過的異變。

呼吸變得困難。

整張臉熱得像是被燙傷一般；體內的血液彷彿正在沸騰，逼出了大量的汗水。

搞不懂理由為何。雖然搞不懂，但她無法將視線從兩人身上移開。

「愛麗絲大人？您怎麼了？」

燐愣愣地轉頭看來。

她肯定是為主子突然沉默不語的反應感到訝異，然而，愛麗絲卻已經沒有餘力回應燐。

──伊思卡，你看，夕陽是這麼地美麗。

妹妹伸手指向夕陽。

她展露的微笑，讓愛麗絲的心跳加速得更為劇烈。

「愛麗絲大人？」

「呼——呼——！唔唔唔唔唔唔唔唔！」

「愛、愛麗絲大人，您怎麼了！您的呼吸急促得像隻生氣的貓，而且還滿臉通紅！」

「因為，這件事非同小可呀！」

就連腦袋都要變得一片空白。

雖說已經沒辦法冷靜地端詳事態，但她至少能明白一點——明白這是對自己至今最為嚴重的侮辱。

「快要被奪走了」。

「伊思卡可是本小姐的勁敵（東西），但那孩子居然——」

「愛麗絲大人，您快看！」

燐顫抖的手指所指向的是——

希絲蓓爾在主街道的一隅叫住伊思卡，趁著伊思卡回頭的瞬間，第三公主露出了淘氣的微笑，微微踮腳伸出手指。

伸向伊思卡的臉頰。

在挪開飲料杯時沾到唇角的哈密瓜汽水泡沫，被希絲蓓爾的纖纖玉指輕輕抹去。

而她用的並非手帕或是紙巾，而是自己的手指。

當然，伊思卡本人也大為震驚。他紅著一張臉迅速說了些什麼，但由於距離太遠，愛麗絲無法得知對話的內容。

……居、居居……居然在大庭廣眾下這麼做。

……真是太讓人羨……不對，太不知羞恥了！這不是把伊思卡也嚇著了嗎！

這不是身為公主所能做的行為。

那完全是恬不知恥之舉。要是被女王看到了，她肯定會整張臉漲得通紅吧。

「愛麗絲大人！」

燐再次發出慘叫。

回過神來的愛麗絲抬頭一看，只見伊思卡正在環顧周遭。大概是隱約察覺到有人正在跟蹤自己吧。

但燐所指著的對象並不是伊思卡，而是在他身後的希絲蓓爾。

由於伊思卡背對著她，所以並沒有察覺——

身後的希絲蓓爾，正盯著剛才拭去哈密瓜汽水泡沫的指尖。

以伊思卡不至於發現的輕柔動作挪動手指——

然後一鼓作氣地，將指尖上頭的泡沫送向自己的嘴邊——

「不會吧」。

不行。說什麼都不能這麼做。就算是自己的親妹妹也不能袖手旁觀。

「不行，希絲蓓爾，妳不能——」

含住！

附著在指尖的泡沫，送進了第三公主的嘴裡。

那是沾在伊思卡嘴邊的泡沫。

她舔了那樣的東西。而在伊思卡轉過身來的時候，希絲蓓爾雖然表現得若無其事，但同時也心滿意足地紅著臉龐抬起視線。

完全就是一個沉浸在戀愛之中的少女。

「——」

這一瞬間——

愛麗絲的心底有某樣東西斷開了。

隨著「啪」的聲響，那東西被扯成了碎片落下。

眼前的視野被染成一片通紅，原先彷彿要沸騰的血液也驟冷下來，原本顫抖不已的指尖同樣穩穩地停下。

就連怦怦狂跳的胸口也安分了下來。

「——開、戰、了。」

「愛、愛麗絲大人……？」

「————本小姐明白了。」

對於感受到異狀而臉色鐵青的燐，愛麗絲露出了極為甜美的微笑回應道：

「燐，本小姐明白了。我的死敵其實並不是帝國。」

「是、是……？」

「妳在這裡等著，我馬上回來。」

她從大樓的陰影處走出來，來到了主街道。

「我馬上就把那孩子變成冰雕拿去珠寶店變賣。我要把『對我的伊思卡』出手的重罪烙印在她的身心上頭——」

「不能烙印在她的身心上頭啦！愛麗絲大人，請您理智一點！」

就在她即將邁步之際。

身後的燐用盡全身力氣架住了她。燐雖然身材纖瘦，但受過嚴格的鍛鍊，想掙脫她的擒拿並不容易。

「燐，放、放開我！妳、妳在抓哪裡呀！這裡是公眾場所耶！」

「要是不抓這個部位，就阻止不了您呀！」

「可、可是……！」

伊思卡要被奪走了。

在親眼目擊這樣的危機後，愛麗絲的腦袋就進入了過載狀態。

女王下令要保護妹妹？

和佐亞家的對立？

女王聖別大典？

這些東西全都無關緊要。對她來說就和塵埃一樣不須理會，就連她自己也感到不可思議——如今的她，滿腦子都是眼前上演的光景。

……因為……要是伊思卡不在的話……

……「本小姐該拿什麼當成活下去的意義」？

和帝國交戰乃是身為星靈使的「使命」。

以涅比利斯皇廳公主的身分出生，要在女王聖別大典上脫穎而出的「宿命」。

完成統一乃是自己的「責任與義務」。

這些都是不得不為之事。

隨著星之命運降生的自己，將之視為自己的天命——

但伊思卡不一樣。

那是愛麗絲憑藉自身的意志所選出的最強敵人。

「談和。我想結束這場戰爭。」

「我想到的方法，就是活捉涅比利斯的直系。涅比利斯王室應該也會大爲動搖才對，所以就算再怎麼不願意，王室也只得接受談和的提議。」

如此宏大的願望只是空談，是不可能實現的。

然而——

他的信念和風采，打動了愛麗絲的心。

身為星靈使公主的自己打算豁出一切，展開一場信念與信念的碰撞，並在最後分出高下——這樣的「敵人」。

……無論戰鬥後，敗北的是哪一方都無妨。

……最重要的是只有我倆的戰鬥！

然而——

這重要的事物，卻偏偏在自己的眼前面臨被奪走的處境。

「我說，燐呀。」

「小、小的在。」

「妳覺得女王會允許本小姐和那孩子決鬥嗎？」

「當然不會准許的吧！」

「……唔！好煎熬呀，居然只能站在這裡旁觀……」

她咬緊牙關強忍著。

雖說胸口的悸動還未平息下來，但面對現實還是更為重要。

「……也是呢。那勉強避開了嘴唇，只是臉頰上的泡沫。那麼，決鬥的事就慢慢來吧。」

「您在說什麼呀！」

緊抱著自己的燐抬起臉龐。

「愛麗絲大人，小的有一個提議。這兩人能交給我處理嗎？」

「讓妳處理？妳打算接觸那兩人？」

「是的。恕小的僭越，但希絲蓓爾大人恐怕還對愛麗絲大人抱持著不信任感。在此由隨從（我）單獨出面，應該較能圓滑地進行對話才對。」

「…………」

她直視著燐的雙眼。

然後她明白了。燐露出固執而絕不讓步的眼神，就算愛麗絲想出言拒絕，她也會繼續請命。

「……我明白了。本小姐得回中央車站搬行李，這事就交給妳處理了。」

「謝謝您，那我出發了！」

隨從如風一般疾奔而去。

愛麗絲目送著她的背影，再次做了一次深呼吸。

＝

主子正憤怒不已。

而占據更多的情緒則是不安。

「啊啊，真是的。愛麗絲大人，您究竟是怎麼了呀！」

燐自言自語地在巷弄中穿梭。

她追逐的目標當然是那兩人。

……我還是頭一次見到愛麗絲大人露出那麼挫敗的模樣。

……是因為太過生氣，不曉得如何應對，因而陷入混亂了嗎？

主子對帝國劍士伊思卡的執念可說是非比尋常。

雖然他是敵人，但同時也是主子「看上眼」的人物。

燐從小就侍奉主子，而主子會如此在乎的就只有他一個人。倘若將他奪走，就算是親生妹妹，她也不會置之不理。

要是那樣的狀況再持續下去，主子的怒氣肯定會炸裂開來。

「這下難辦了呢。原本只要能確保希絲蓓爾大人的安全就能結束的……！」

首先得將希絲蓓爾和帝國劍士分開。

然而接下來才是問題。即便讓氣急敗壞的愛麗絲與妹妹相見，恐怕也只會演變成姊妹之間的戰爭。

「要是不安撫愛麗絲大人，最傷腦筋的就是身為側近的我了。你知不知道我有多辛苦呀，帝國劍士！」

主子生氣時，要按照計畫來安撫她。

但說穿了，這些計畫就是在消除她的壓力。

計畫一，邀她吃些甜甜的點心？

——否決。她會想起剛才的哈密瓜汽水事件，再次火冒三丈。

計畫二，欣賞美術作品？

——否決。這附近沒有美術館，而且現在提到美術品這個關鍵字，說不定會讓她氣得大吼：

「我要把妹妹變成冰雕藝術！」

計畫三，多睡一點。

——否決。只能預期到她作夢夢到剛才的情景，再次怒不可遏。

「這些辦法不是都不可行嗎！啊啊，真是的！果然只能這麼做了嗎……伊思卡，我要你負起這份責任！」

她焦躁地咬緊後齒，從市區的巷弄竄出，來到了人行道上。

現身在邁步前行的兩人面前。

「呀啊！」

「——燐！」

「還請您不要驚慌。還有，帝國劍士，你這傢伙也給我閉嘴。」

燐對著驚訝得瞪大眼睛的第三公主行了一禮，但她刻意放低了動作的幅度，以免勾起路過行人的疑心。

「小的找您很久了，希絲蓓爾大人。」

「……燐，妳這身打扮還真罕見，沒想到妳會穿這種連帽衫呢。」

有著粉金色長髮的少女露骨地皺起臉龐。原本展露給伊思卡看的羞赧微笑早已不見蹤影。

「希絲蓓爾大人，敢問您在這裡做些什麼事？」

「正如妳所見，我正遊歷皇廳各州增廣見聞。這和愛麗絲姊姊大人造訪中立都市的行動是一樣的。」

「請容小的直問。」

燐的目光越過薄薄的鏡片，直盯著希絲蓓爾的眼睛。

「假面卿正基於『某種嫌疑』搜索您，敢問您是否有頭緒？」

「唔！」

少女的肩膀顫抖起來。

不過，燐留意的地方在於，聽到此事的伊思卡立刻瞇細雙眼。他看起來不是為燐的話語感到訝異，而是加強警戒。

——換句話說，他知道內情。

這是在知曉希絲蓓爾遭人盯上的狀況下所會做出的反應。

明知內情，卻仍與魔女公主同行的理由為何？

……是聘了帝國兵作為保鏢嗎？

……希絲蓓爾大人，難道您真的將心出賣給帝國了嗎？

內心的懷疑不斷加重。

對於侍奉露家的燐來說，這是不能視而不見的狀況。

「首先，小的和愛麗絲大人都沒有要加害希絲蓓爾大人的意思。小的之所以出現在此，是因為收到了女王的命令，前來保護您的關係。」

「……我不要。」

「您為何拒絕呢？」

「我並沒有要求任何人出面保護。我只打算憑藉自己的意志返回王宮。也請妳向愛麗絲姊姊大人轉述此事。」

不打算接受來自姊姊的施恩。

姊妹之間的代溝果真不淺。

「那麼，請容小的提問唯一的一個問題。在獲得回答之前，小的無法就此離開。」

「是要問我為什麼人在這裡對吧？」

出聲回應的是伊思卡。

「你打算袒護希絲蓓爾嗎？」——燐的眼神透露著這樣的訊息。

「這和我的隊長有關。」

「伊思卡……！」

「有誤會還是解開比較好。在此沉默不表，只會加深彼此的疑心。」

「……既然你都這麼說了。」

希絲蓓爾像是拿不定主意似的垂下眼眸。

然而，她很快就擠出沙啞的聲音說道：

「……我明白了，我會坦承前因後果的。」

「要小的將愛麗絲大人帶來嗎？」

「不，還麻煩妳轉述給愛麗絲姊姊大人。有妳在場即可。」

「我明白了。那小的會錄下您的證詞，並轉交給愛麗絲大人確認。」

原本藏在後口袋的小型錄音器——

燐將之取出，於兩人面前啟動，再次向第三公主行了一禮。

「希絲蓓爾大人，請說吧。」

3

菲莉克斯酒店九〇一號房——

此時是將鬧區染上一片火紅的夕陽逐漸沉入大樓間隙的時刻。

「我回來了。」

伊思卡推開房門。

走進房間後，他隨即看到三名在房內待機的身影。

「歡迎回來……咦，她這是怎麼回事？」

米司蜜絲凝視著伊思卡的背部。

米司蜜絲隊長、音音和陣注視著被伊思卡揹著的希絲蓓爾。

「喔，她似乎是有點累了。」

第三公主正被伊思卡揹著。

雖說她原本體格就嬌小纖瘦，但此時她似乎精疲力竭，連抓住伊思卡背部的力氣都不剩。

「我們巡視了幾圈，查探對方是否有派出追兵，但她似乎不習慣做這種事，所以累壞了。」

「……誠如各位所見。」

魔女公主躺到沙發上。

——伊思卡沒有說謊。

但他的確刻意沒有提及某件事。在巡視的途中，他們被希絲蓓爾提防再三的「女王之外的搜索部隊」撞個正著。

……這樣的可能性確實存在。

……原本是我們要去揪出敵人的尾巴，結果卻反而栽了跟斗。

希絲蓓爾之所以會如此疲憊，並不是基於走太多路所累積的疲勞，而是不得不以不熟悉的交涉手法與燐對話的關係。

「——呼嚕。」

「咦？欸，陣哥，她睡著了耶？看來似乎真的是累垮了呢。」

音音指著開始發出鼾息的魔女，露出微微苦笑。

「該怎麼辦——原本說好等伊思卡哥回來就吃飯的，要是只有音音我們先吃晚餐，她是不是會生氣呀？」

「十之八九會吧。以這小妞跋扈的個性來看，肯定會覺得被我們排擠而大發脾氣。不想把事情搞複雜的話，還是等她醒來吧。」

「真是的！音音我和隊長的肚子都餓扁了耶……！」

鼓起臉頰的音音，從冰箱裡拿出果汁。

「真沒辦法，在她醒來之前，音音我就喝些果汁將就吧。隊長要喝嗎？這間房間裡的冰箱什麼都有喔。」

「要要要！人家要喝薑汁汽水！」

「隊長，這是妳今天喝的第三瓶薑汁汽水耶。陣哥也要喝嗎？」

「給我水。」

陣表現得一如往常。

他目前正坐在桌旁的椅子上看書。遠遠看去，他似乎正在埋頭苦讀皇廳出版的某本文獻。

伊思卡眺望著這樣的光景，說道：

「陣，能麻煩你再看守一下嗎？」

「……你打算外出？」

「只是去一趟走廊啦。為防萬一，我打算在旅館裡巡視一下。反正在她起床之前，我們也無事可做。」

「一個小時內要回來啊。」

伊思卡對銀髮狙擊手點點頭後，再次離開了房間。

他前往走廊。

雖說走廊上有不少前去用晚餐的人們，但他們都沒對伊思卡有所留意。大家想必都不會認為有帝國人敢堂而皇之地走在旅館裡頭吧。

他搭乘電梯往上，來到了十樓。

在廣闊的走廊上頭，茶髮少女正在等候他的到來。

「看來你依約獨自前來了。你這傢伙的部隊成員應該都留在房間裡吧？」

「若不這麼做，事情會鬧得不可開交吧？」

「這是當然。」

燐交抱雙臂問道：

「希絲蓓爾大人呢？」

「她累到睡著了。八成是因為疲於回應某人的連番發問吧。」

「那是我的職責。況且深究起來，這次確實是希絲蓓爾大人有錯在先，想不到她居然會委託帝國士兵作為保鏢……要是被國民知道了，可是會引起軒然大波。」

她壓低音量喃喃自語。

接著，燐的嘴角發出了混雜著傻眼之意的嘆息。

「像你這種被褫奪使徒聖地位的帝國人，居然已經踏入我國境內兩次之多。」

「這也不是我期望的事。剛才希絲蓓爾也說明過了吧？」

「…………」

「毋寧說，帝國（我們）方巴不得能快快從她手裡領取報酬，儘快出境呢。」

一小時前——

希絲蓓爾向燐傳達的事項有三。

一，為了返抵皇廳，她有聘用護衛的必要。

二，在尋找護衛的過程中，她知曉了變成星靈使的帝國隊長（米司蜜絲）的存在。

三，星靈使乃是同志，為此，希絲蓓爾便邀她擔任護衛，並提出了交換條件。

「待在中立都市的時候，皇廳和帝國是處於休戰狀態對吧？」

「我只是將這種解釋擴大到獨立國家的範疇，並提議暫時休戰和提出交換條件罷了。」

這是希絲蓓爾的主張。

而報酬——提供掩飾米司蜜絲隊長星紋的貼紙一事，應該也透過燐傳達給愛麗絲知道了。

……這樣的說法應該沒問題才對。

……畢竟愛麗絲也知曉米司蜜絲隊長魔女化的事實，而且一直沒有對外公布。

燐在走廊上邁開步伐。

她伸出了手，指的並非電梯，而是位於走廊盡頭處的逃生階梯。

「如果希絲蓓爾大人的保鏢是你之外的帝國兵，那我就不會相信她的說詞。」

「…………」

「我也盡可能向愛麗絲大人提出了建言。」

燐踏上階梯。

希絲蓓爾的房間位於九樓，而兩人前往的則是十一樓。

「希絲蓓爾大人的論點站不住腳。無論理由為何，她聘用帝國部隊帶入皇廳一事，明顯是讓王室失信的行為。要是傳到佐亞家的耳裡就糟糕了。」

「佐亞家？」

「…………我說溜嘴了呢。是假面卿的派閥所屬的家族。」

茶髮少女回過頭來。

愛麗絲的隨從走在伊思卡前方兩階的階梯上，罕見地嘆了口氣。

「為此，我們最好採取『佯裝不知』的態度——我是這麼向愛麗絲大人建議的。」

「妳們打算當成沒看見我們嗎？」

「『我等不會多加深究』。無論希絲蓓爾大人僱用誰、前往何處，我們都會『佯裝不知』。只要她能憑藉一己之力抵達王宮，那麼這件事就告一段落。倘若計畫失敗，希絲蓓爾大人與帝國部隊的交換條件曝了光，我們就會把所有的罪行都推到希絲蓓爾大人身上。」

愛麗絲不會向女王報告這件事。

刻意採取知情不報的方針，待事情曝光之際，再將罪行推到第三公主一人頭上——這和陷入生命危險的蜥蜴斷尾求生的反應一樣。

……和一年前的我一樣啊。

……犯下魔女越獄事件時，我之所以沒透露給第九〇七部隊（大家）知道，也是基於同樣的理由。

他希望能把事件歸咎為自己一人所為。

只要他對自己的計畫稍有洩漏，那麼米司蜜絲隊長、音音和陣就會被視為同罪，並且遭到逮捕吧。

「不過，愛麗絲大人表示，她也希望能聽到你親口作證。」

「我已經作好心理準備了。」

他沒有拒絕的餘地。只要愛麗絲有那個心，伊思卡他們隨時都會被星靈部隊逮捕歸案。

「就是這裡。」

兩人從逃生階梯再次踏上旅館的走廊。

燐在不遠處的房門口停下腳步。

「進房的只有你一個。」

「咦？那燐妳呢？」

「我嗎？喔，目前有分隊在入口大廳待命，在愛麗絲大人與你對話的期間，我要負責去拖延時──喂，你害我都說了些什麼！」

「好痛！等、等等，拿匕首戳人也太卑鄙了吧？」

伊思卡被戳了一下。

燐用藏在袖子裡的匕首毫不留情地刺了過來。

「你這傢伙居然敢油嘴滑舌，讓我走漏愛麗絲大人的預定計畫。真讓我失望，你竟然是會用這種下流手段的小人！」

「是妳自己說溜嘴的吧！」

「吵死了……！啊啊，真是的！每次和你對話都會讓我亂了套……」

隨從用匕首的刀尖指向房門。

「快點滾進愛麗絲大人的房間，然後好好被審問和拷問一番吧！」

「咦？拷問？妳是不是說了什麼不太妙的詞彙？」

「我就提醒你一句吧。」

燐用刀尖戳著伊思卡的背部說道：

「雖說不知原因為何，但愛麗絲大人目前的心緒相當紊亂。若是說得白話一點，就是她非常非常地生氣。」

「咦？為什麼生氣啊……」

「我哪知道。但重要的是，與其深究她憤怒的真正原因，還不如派出活祭品讓她好好發洩。順帶一提，我不打算扮演活祭品的角色。」

「我也不想當啊！」

「少廢話，快進去。你就乖乖進房，成為平息愛麗絲大人憤怒的祭品吧！」

「等等！」

房門開啟。

燐對著他的背部踹了一腳，讓伊思卡連滾帶爬地跌進房裡。

房間大廳——

這是被燦爛奪目的燈光照耀的廣大空間。大廳一隅的豪華沙發上正坐著一名少女，默不作聲凝視著自己。

「……………………」

的確不太對勁。

首先，愛麗絲的坐姿和平時大不相同。

坐在沙發上的她呈現雙手環膝的坐姿，看起來就像個孩童似的。

若是換作平時，她應該會在這時說一句：「歡迎你的到來。」如今她卻只是直盯著自己，一句話也不說。

她的眼神也顯得格外強烈。燐所提及的「壞心情」已經滿溢而出。

……該不會二話不說就對我動手吧？

……星劍還放在房間，要是被星靈術攻擊的話，我只能逃了啊。

但還是先冷靜下來吧。

自己是被愛麗絲主動傳喚，要幫忙說明和她妹妹有關的事，所以應該不至於會突然遭受攻擊……希望如此。

「那、那個，不好意思？」

「…………」

「是燐帶我來的。聽她說，妳想聽我親口為希絲蓓爾作證？」

「才不需要呢。」

「咦？」

他以為自己聽錯了。

魔女公主回應他的，是他迄今從未聽過的敷衍口吻。

「…………才不是那樣。人家之所以叫你來，為的又不是那件事。」

她的聲音就像個鬧脾氣的孩子。

就在伊思卡試圖參透她話中含意的時候——

「到底是怎麼回事啦！」

宛如慘叫般的尖銳吼聲，迴蕩在客廳中。

她的神情很是淒厲。

聲音隱隱帶著哭腔，卻又強行加以壓抑。

「……到底是……怎麼回事啦……！」

金髮少女站起身子。

那對美如寶石的紅色眼眸，如今正不安地搖曳著。涅比利斯皇廳的公主，此時握緊了雙拳。

然而，伊思卡還是沒能明白。

他看得出愛麗絲在生氣，但驅使她如此生氣的感情究竟為何？就連燐這位側近也看不出原因為何，可見狀況極不尋常。

「妳問我『怎麼回事』，但我實在不明白妳指的是哪一件事。」

愛麗絲再次沉默不語。

不過，她這回戰戰兢兢地開口說：

「是白天的事。你和那孩子一起走在人行道上對吧？」

「……妳說希絲蓓爾嗎？」

愛麗絲點了點頭。

「因為本小姐都看到了。」

「燐應該也解釋過，那是護衛要履行的職責之一吧？我們兩個是前往中央車站進行偵查，畢竟那個叫假面卿的男人若是要調動兵力，應該會在那一站下車。」

而他們的推論其實並沒有錯。

愛麗絲也是在中央車站下車的。若要追究計畫的漏洞，那應該要歸咎在希絲蓓爾胡來的指示上吧。

……都是因為她說：「我說，伊思卡，我口渴了。」

……要是沒收到那樣的指示，我就不會被愛麗絲逮到。

還是難以明白。

愛麗絲到底為了什麼而生氣？

「燐已經解釋過了，而且我也能夠理解。就常理來說，希絲蓓爾這次的提議是絕對不能成案的。妳是因為這樣而生氣的嗎……？」

「不對。」

魔女公主搖了搖頭。

她直挺挺地站著，嘴唇先是微微張開，但又像欲言又止似的，在躊躇幾許後再次閉上。

「愛麗絲，雖然可能會惹妳不快，但妳若不說出口，我真的沒辦法明白。」

「…………」

在等了好長一段時間後——

愛麗絲倒抽一口氣的氣息傳了過來。

「…………『你和她走在一起』。」

「什麼？」

「你和希絲蓓爾牽手並行，把本小姐一個人晾在旁邊。」

「因為我是保鏢啊……」

若是露骨地表現出警戒的姿態，只會格外惹人側目。

因此在市鎮區行走時，他們當然會盡可能表現得自然一些。更何況，這可是保護愛麗絲妹妹的重大任務。

而剛才的這段對話之中，真的藏有雇主姊姊如此執著的理由嗎？

「……所、所以說！真是的，本小姐之前就提醒過了，你的神經應該要再纖細一點才對！你這方面的問題追根究柢就是……」

「嗯？」

「好啊，本小姐就告訴你吧！」

她撥開遮住雙眼的瀏海。

冰禍魔女愛麗絲莉潔伸出手指，指著伊思卡說道：

「你只顧著和希絲蓓爾互動，這太狡猾了啦！」

鏗鏘有力的宣言。

「…………什麼？」

伊思卡張大嘴巴側首不解，而愛麗絲本人則是一步又一步地朝他走近。

她的手指依然沒有放下。

「這是對本小姐的背叛！」

「什麼跟什麼啦！」

「你明明和本小姐約好，要當我的勁敵了，居然還對那孩子唯命是從！」

「是沒有到唯命是從的地步啦……但這次的護衛任務，對我們來說也是攸關生死的轉捩點，我不認為這是不道德的行為啊。」

這是為了隱瞞女隊長（米司蜜絲）的星紋所作的交易。

再過五十天，第九〇七部隊就得返回帝都。要是沒辦法在那之前弄到貼紙，那麼整支部隊將會遭到逮捕。

「可、可是本小姐沒辦法接受呀！」

「那我問妳，如果我現在立刻放棄當希絲蓓爾的保鏢，妳願意交出那東西（貼紙）作為代價嗎？」

「這、這可不行。本小姐豈能做出協助敵人的行為！」

「那不就沒辦法了嗎？」

「嗚嗚～～～！」

「呃，妳這樣發出孩子氣的聲音威脅我也沒用……」

「……唉。」

魔女公主重重地嘆了口氣，垮下了雙肩。

「明明本小姐都這麼生氣了，但你既不動搖，也沒安撫我。敢這樣做的，全世界恐怕只有你一個了吧。」

「我要是安撫妳的話才奇怪吧，畢竟立場上還是敵人啊。」

「是呀，所以本小姐也打消使性子的念頭了……那就這樣算了吧。在看到你的臉孔後，本小姐的心情就舒坦多了。」

金髮公主做了一個深呼吸。

她臉上的戾氣逐漸褪去，露出了穩重的眼神。

「還有，讓本小姐補充一句。我生氣的對象並不是你。」

「這樣啊？」

那會是誰——

還是別問這個問題吧，搞不好會惹得愛麗絲再次發怒。

「那妳應該也沒對希絲蓓爾生氣吧？」

「就是希絲蓓爾啦！把本小姐氣得七竅生煙的就是她！」

「是她？我順便問一下，妳打算對她做什麼？」

「真是個好問題，本小姐這才要決定呢。」

愛麗絲看似滿意地點了點頭。

她環視起只有兩人在場的客廳。

「本小姐之所以把你叫來，是為了讓你以證人的身分提供證詞。身為涅比利斯皇廳第二公主的我，可是有權審判地位更低的公主喔。」

「……真的嗎？」

「等本小姐回到王宮後，就會著手起草這樣的法律，讓立法院加速通過。」

「妳根本是打算用強硬手段制裁她吧！」

「好了，你就乖乖配合吧。要是不快點解決，燐就要回來了呢。」

愛麗絲站在客廳的中央招了招手。

玻璃窗外已是一片漆黑。在夜幕降臨後，自旅館高層俯視的皇廳街景，被許多燈火映照出美麗的模樣。

「咳咳，那麼伊思卡，本小姐從頭來過。」

「……妳想幹麼？」

「確認希絲蓓爾白天對你做過什麼事。身為你『唯一』的勁敵，本小姐有權知曉詳情。」

在強調「唯一」這個詞彙後——

愛麗絲冷不防地將身子貼了上來。

她先是在寬廣的客廳裡湊近到極不自然的距離，隨即二話不說就抱住伊思卡的手臂。

「……你、你們一直牽著手對吧？就像這樣？」

隨著一陣施力——

充滿熱情、緊緊握住伊思卡手掌的掌心，傳來了少女（愛麗絲）的體溫。

「那、那個……愛麗絲？」

「不、不准動！」

伊思卡雖然反射性地想要甩開，但愛麗絲的手不允許。

即便伊思卡打量著愛麗絲的側臉，愛麗絲也依然低頭注視著自己所握住的伊思卡的手掌。

像是在確認他手掌的觸感一般。

「原、原來如此。那孩子做了這樣的事呀。」

「……我覺得用看的就知道了吧。」

「你錯了。若是不實際體驗，本小姐就無法明白。呃，那個……你的手掌果然很硬呢。是因為有握劍習慣的關係嗎？」

「妳的動作太可疑了吧！」

「才沒有呢！這可是正經八百的調查！」

滿臉通紅的愛麗絲矢口否認。

過了好一會兒，她才終於鬆開緊緊握住的手。但就在下一瞬間，她卻以一副順理成章的態度抓住自己的手肘，以自己的雙手纏了上來。

——和希絲蓓爾白天做過的行為一模一樣。

宛如一對挽著手臂的情侶。

「你們也這麼做了對吧……真、真是的，這也太不知羞恥了！這可是罪孽深重。一國的公主居然挽著敵國士兵的手臂在街上走動……」

「……愛麗絲，妳不也在做一樣的事嗎？」

「本、本小姐只是在驗證而已！這說不定會引發皇廳危機，所以得鉅細靡遺地調查才行。」

「鉅細靡遺是指？」

這句話是火上加油。

在隔了一秒鐘後，伊思卡才察覺到這一點。

「也是呢，我記得那孩子應該貼你貼得更緊才是！」

她以挽著手的姿勢進一步地貼了上來。

不止如此，愛麗絲還雙手並用地摟住伊思卡的右臂，將全身體重壓了過來。自然而然地——

愛麗絲的胸部貼到了伊思卡的手臂上頭。

「是、是這樣吧……！」

他感受到的並非輕柔的觸感。

愛麗絲頗具分量的雙峰壓了過來。明明是柔軟的觸感，卻帶著沉甸甸的質量。對伊思卡來說，這是被不明物體碰觸的觸感。

……她還噴了香水嗎？好香啊。

……不對不對不對，這不管怎麼想都太詭異了吧！

妹妹（希絲蓓爾）的舉動就已經夠刺激了。

但姊姊（愛麗絲）的破壞力更是無與倫比。隨著她貼上胸部的舉動，伊思卡的手臂也跟著沒入愛麗絲深邃的乳溝之中。

就像被夾成了三明治一般。

「愛、愛麗絲……那個，呃……妳在做什麼……」

「我、我是在模仿妹妹！別多問！」

當然，本人（愛麗絲）也很清楚自己在做些什麼。

以冰禍魔女之名令人聞風喪膽的少女，如今不僅紅著一張臉，就連耳朵都染上了一層紅暈。

她的內心肯定正被羞恥心和躊躇的情感拉扯著。

然而，愛麗絲並沒有就此止步。

「這、這真是不檢點的行為呢。真是罪孽深重……那孩子居然做了如此狡猾……不對，居然做了如此恬不知恥的行為……」

「那妳不如把我的手放開吧？」

「那可不行！」

被她氣勢洶洶地拒絕了。

她像隻向母貓撒嬌的小貓一樣，拚了命地抓著伊思卡不肯鬆手。

而她的呼吸聲也教伊思卡莫名在意。

是因為近在咫尺的關係嗎？也不曉得是不是伊思卡的錯覺，總覺得愛麗絲的吐息很是嬌豔，而且還不時變得急促。

「……啊……哈啊…………嗯……！」

「妳在幹麼啊！」

「你、你誤會了！本小姐只是有點緊張！像你這麼強大的敵人離本小姐這麼近，本小姐會緊張得呼吸急促也是很理所當然的！」

「那就把手放開啊……」

「這可不行！還得做進一步的驗證呢！」

再次被拒絕了。

她的動作漸漸變得大膽，幾乎將伊思卡的手臂半埋進乳溝之中。接著，她出其不意地在伊思卡耳邊輕聲說道：

「……………我不放手。」

「咦？」

「本、本小姐什麼也沒說！你、你搞錯了，剛才那是……對對對，只是在模擬希絲蓓爾的心態而已！」

愛麗絲慌張地抬起臉龐。

偌大的眼眸帶著熱意，也蘊含著溼潤的水氣。她是敵人——就連如此把持著立場的伊思卡都不禁屏息。眼前的女子就是如此美麗動人。

「…………」

「…………」

一語不發。

他從貼上身子、手臂相纏的愛麗絲身上微微感受著體溫，同時無法將視線挪開她的眼眸。

就連伊思卡自己也搞不懂理由為何。

至於愛麗絲則是在熱情的眼神中浮現出些許猶豫。

「我、我說，伊思卡，這可是相當重要的事。既然身為勁敵，我們就該更加深入了解——」

「愛麗絲大人，您平安無事嗎？」

「呀啊！」

房門被一把推開的聲響，把愛麗絲嚇得彈起身子。

衝進房內的乃是隨從燐。

「我、我說燐！本、本小姐正在說重要的事呢！」

「重要的事是？」

「啊……」

說錯話了。

察覺不妙的愛麗絲，這才回神打量起周遭的狀況。

「什、什麼事也沒有。話說回來，妳應該跑到樓下了才是……」

「小的認為與帝國劍士獨處實在太過危險，於是十萬火急地趕了回來……愛麗絲大人？」

隨從仔細端詳愛麗絲的臉孔。

「是小的多心了嗎？您的皮膚變得相當光滑呢，剛才明明還是一片土色。」

「有、有這回事嗎……？」

肌膚像是飽含水分似的顯得滋潤，綻放出宛如珍珠般的透明度。

燐也是個青春年華的少女，因此立刻察覺了愛麗絲肌膚的變化。畢竟在這麼短的時間內，主子的肌膚就像是注入了靈藥般，變回了原本晶瑩剔透的模樣。

「愛麗絲大人，請問發生什麼事了嗎？」

「……什麼事都沒有！都沒有啦！」

愛麗絲被燐直瞪著瞧，將臉孔轉向了無人的方位。

「您的臉似乎有些發紅呢。」

「就、就說是妳多心了！」

「……唔嗯，愛麗絲大人，請恕小的失禮。」

她將手貼上愛麗絲的額頭。

過了幾秒鐘後，燐瞪大了雙眼。

「這可不行，愛麗絲大人，您正在發不得了的高燒！這肯定是因為連日舟車勞頓，才害得您染上風寒吧？您應該立刻好好休息。」

「不是吧？才沒這回事，妳誤會了。燐，本小姐非常健康——」

「帝國劍士！」

主子的駁斥成了耳邊風，只見燐的怒火投向伊思卡。

「愛麗絲大人明明發燒得這麼嚴重，你卻視若無睹，實在是罪不可赦！」

「妳也誤會得太嚴重了吧！」

「吵死了，給我閉嘴。而且現在是女王實戰部隊集合的時間，給我在兩秒鐘內滾出去！」

「明明是妳們把我叫過來的吧？」

看到燐掏出匕首指著自己，伊思卡連忙全速衝出了房間。

……右手臂還留有愛麗絲的體溫。

……不對，我這是在想什麼啊！那是多餘的雜念，得立刻忘掉才行……！

胸部的觸感也還殘留在手臂上頭。

明明是那麼沉重，卻又柔軟至極。明明對方緊貼著自己，卻沒有不快的感覺；不如說幾乎要讓他湧上一股安心感——

還有那嬌豔的吐息聲也令人難以忘懷。

「夠了、夠了！就說不是那麼一回事啦！」

伊思卡像是在甩去雜念似的，放空思緒衝下逃生階梯。

# Intermission 「『女王暗殺計畫』與『女王活捉計畫』」

## 1

涅比利斯王宮「女王謁見廳」——

即使到了夜空降臨的時刻，這座大廳仍充斥著與晨間無異的光芒。

白天是來自陽光的照射。

到了夜晚，則是透過吸收陽光、於夜裡發光的月晶石大放光明。謁見廳的牆壁和柱子皆是以月晶石所造，能綻放出不輸朝陽的光芒。

「母親大人，女兒來遲了。」

「和表定的時間一致。伊莉蒂雅，這一點不成問題。」

女王謁見廳的大門敞開。

看到踩著優雅步伐入內的長女，女王——涅比利斯八世使了個眼色。

「距離開會時間還有十五分鐘。會議室設在這一層的辦公室，等到距離開會時間剩下五分鐘時，我們再出發吧。」

「好的，母親大人。」

美若天仙的絕世美女面帶微笑，恭敬地低頭回應。

伊莉蒂雅．露．涅比利斯九世。

帶有大波浪捲的長髮，閃爍著摻雜翡翠色的金色光彩。

比次女愛麗絲更為豐滿成熟的胸前雙峰微微染上櫻粉色，洋溢著不論男女都會為之屏息的豔麗魅力。

而烙印在視野之中的嬌憐笑容，也會讓見者無不為之傾心。

——傾國美女。

在二十歲這樣的年紀，她的美貌就已屆勾人心魄的領域。

「真是難得呢。」

伊莉蒂雅雀躍地開口，其聲調宛如歌唱。

「母親大人居然會用上以權逼人的手段。女兒如今正心跳不已呢。」

「…………」

「突然召開了不在預定計畫裡的血族會議，將佐亞家綁在王宮，並趁隙派愛麗絲前往第八州——是這樣的安排沒錯吧？」

女王沒有回應。

而伊莉蒂雅並不在乎，甚至顯得更加興致盎然。

「三大血族的會議乃是一年召開一次，為增進露家、佐亞家和休朵拉家繁榮的莊重會議。而母親大人竟然露骨地加以濫用，這膽大心細的手段讓女兒十分開心。身為女王之人，就該有這番膽識呢。」

「……………」

「呵呵，愛麗絲是不是已經抵達第八州了呢？要是她已經找到希絲蓓爾就好了呢。」

「伊莉蒂雅——」

女王以叮囑的口吻說道：

「還有部下在場，留意別作出會讓人誤會的發言。」

「哎呀，這可真是失禮了，『女王陛下』。」

待在女王謁見廳的，並非只有女王和伊莉蒂雅兩人。

也包括了在開會時不可或缺的政策祕書官和書記官們。從露家家臣中挑選出來的四名人士也在場待命。

雖說佐亞家和休朵拉家的成員不在場，但要是剛才的對話被旁人聽去，難免不會節外生枝。

「女兒發言失當，都怪我有些興奮了。」

伊莉蒂雅輕掩嘴角，以笑聲帶過這個話題。

「不過，女王陛下，這也不失為一個打發時間的好話題吧？」

鐘塔——

報時用的尖塔設置在牆邊，其上頭的指針，準確地停留在會議開始前的五分鐘。

「我們走吧，可不能在會議上遲到了。」

女王調轉腳步。就在幾乎要觸地的長裙下襬微微甩動，眼看就要踏著堅硬的地板走向大門的那一剎那。

在女王、伊莉蒂雅和四名部下——合計六人面前。

砰……！

謁見廳的大門宛如肥皂泡泡般膨脹起來。

『再見了，露家的各位。』

厚重的金屬門變得通紅，大幅脹起。

烈焰轟炸——

「唔！」

門扉成了起爆中心，劇烈的火焰吞沒了謁見廳。

窗邊的窗簾在一瞬間化為黑色焦炭，肆虐的衝擊波掀起了謁見廳的地板，將圓柱轟成了四散的碎片。

發生什麼事了？

爆炸？失火？在視野驟然變暗的同時，女王涅比利斯八世所憶起的，是多次在戰場上見識過的帝國軍轟炸戰術。

而一次次生還下來的戰鬥經歷，讓女王米拉蓓爾勉強維持住了意識。

「『別瞧不起人了』！」

並不是以女王的身分——

此時的米拉蓓爾．露．涅比利斯八世，乃是以涅比利斯始祖後裔，壓制過無數戰場的老兵身分放聲怒吼。

脖頸後方——

原本散發著微弱光芒的星紋，在這時迸出了耀眼的強光，鮮明地浮現出來。

「『無量風神』。衝擊啊，將一切反推回去吧！」

強風颳起。

劇烈爆炸的火焰、破壞物體的聲響、濃濃竄起的黑煙，以及將謁見廳轟得支離破碎的衝擊波，全都被狂吹的強風硬推了回去。

「好痛……！」

在火星飛舞的謁見廳裡，涅比利斯八世稍稍扭起了嘴角。

向前伸出的手掌被染成了一片深紅。

承受爆風的指尖皮膚被燒得潰爛，流出了觸目驚心的鮮血。但若是再晚個零點一秒，燒灼的面積大概會遍布她全身上下。

「……星靈，多虧你全數防下。」

千鈞一髮。

護盾在最後一刻趕上了。而就結果來說，在女王身後待命的部下們也被星靈術救了一命。

「你們的狀況——」

「我……我等並無大礙！承蒙女王大人的庇護……女王大人，還請您先為手指止血吧！」

「無須擔心我。雖然紅得厲害，但只有傷到表層而已。」

四名部下接連起身。

而原本倒在他們身後的伊莉蒂雅也緩緩爬起身子。

「…………」

「伊莉蒂雅？」

「真是九死一生呢。託女王陛下的福，我才能平安生還。」

這麼開口的伊莉蒂雅雖然沒有大礙，但美麗的王袍（禮服）沾滿灰燼，嘴角也留下了小小的撕裂傷。

「女王陛下！伊莉蒂雅公主！發生什麼事了？」

全副武裝的親衛隊從炸成碎片的門扉外側衝了進來。看到謁見廳被炸得面目全非的光景，所有人都說不出話來。

女王謁見廳外頭——

遭到炸毀的吊燈灑落著碎片。

地毯被燒得不留痕跡，地磚也被全數掀起。破壞力如此驚人的爆炸，不可能是尋常走火所能引起的。

「想必是某人發起的攻擊吧。若是炸彈所引發的爆炸，那門外應當會有可疑人士才對。可有帝國士兵入侵的可能性？」

「絕、絕無此事！」

「我等一直在門扉前待命，應當沒有看到任何可疑人物才是……」

兩名士兵緊張地回答。

他們都是長年侍奉露家的可靠人士，因此發言相當可信。

然而——

——「犯人就近在咫尺」。

對方趁著女王和伊莉蒂雅即將走向外頭的時機，以門扉作為引爆點掀起爆炸。這顯然不是定時炸彈或是遙控炸彈所能做到的。

「女王陛下，女兒有一事相告。」

伊莉蒂雅揚聲說道。

「在爆炸的那一瞬間，女兒似乎聽見了相當熟悉的聲音。」

之所以用上了連周遭部下和武裝士兵都能聽見的音量，恐怕是刻意為之吧。

「…………」

「女王陛下呢？」

「真巧，伊莉蒂雅。我也聽見了。」

再見了，露家的各位——

那樣的臺詞可以視為宣戰布告。而正如第一公主所言，那沉穩的男性嗓聲，是來自女王相當熟悉的對象。

「女兒認為，那是佐亞家假面卿的說話聲。」

隨著一陣愕然的反應——

部下和士兵們都瞪大了眼睛，先是一同凝視著伊莉蒂雅，接著紛紛向女王開口道：

「請、請恕臣稟報，女王陛下，臣……也是這麼認為的。」

「在下也是！」

政策祕書官和書記官戰戰兢兢地舉起了手。

他們會如此驚愕也是理所當然。

皇廳過去不曾出現三大血族武力相爭的前例──至少在檯面上的歷史找不到蛛絲馬跡。

──佐亞家打破了這個狀況？

而且還企圖暗殺女王？

「各位，請聽我說。會議要中止了。」

更多的士兵們抵達現場。

對於這些看著火星四濺的女王謁見廳而臉色發青的人們，女王米拉蓓爾大聲宣布道：

「以女王的權限下令，即刻傳喚佐亞家。對象包括假面卿、當家葛羅烏利，以及所有血族和隨從們。」

叩……！

在瓦礫四下散落的走廊上，傳來了清脆的腳步聲。

「哎呀？這究竟是怎麼回事──」

身穿黑衣的高挑男子。

身為事件核心人物的假面卿，正巧於此時來到了現場。

「女王陛下，這裡究竟發生了什麼事？」

他環視著齊聚一堂的士兵和家臣們，以及只留下一個窟窿的謁見廳門口，訝異地這麼問道。

「在下為開會而來，眼前卻是這副慘況。」

「如你所見，我們遭遇了襲擊。應該是企圖暗殺女王的二心之人所下的重手吧。」

「……什麼！」

驚愕的嗓聲。那實在不像是虛偽的演技。然而，這名男子乃是當代首屈一指的戲子，如此自然的反應反倒勾起了眾人的疑心。

「女王陛下，敢問犯人是何人？」

「『就是你』。」

聽到女王的這句話——

黑衣男子一時愣在原地。

「……是在下聽錯了嗎？女王，我不明白您這番話的意思。」

「詳細的內容就在質詢臺上交流吧。親衛隊派遣兩員，將假面卿護送至貴賓室。在偵訊結束後，我會限制他的行動範圍，直到洗刷冤屈為止。」

「唔！」

男子的左右被親衛隊堵住。

在他轉過身子，向前邁步之際——

「……是這麼回事啊。原來如此，您用了相當有趣的釜底抽薪之計呢。」

女王沒有回應。

她是真的險些命喪此地，因此沒有對現階段的頭號嫌犯展露慈悲的打算。在真凶落網之前，限制他的行動才是妥當之舉。

「關於佐亞家的審問，將由我親自——」

「女王陛下，還請您聽我一言。」

聲音來自走廊的方向。

原本聚集在一起的家臣和士兵們，此時朝兩旁讓出一條道路。只見一男一女沿著開出的道路緩緩走近。

「原本期待著久違召開的血族會議，想不到卻出了這麼大的意外。不過，女王，您應該先以貴體為重才是。」

第三血族休朵拉的當家。

——「波濤」的塔里斯曼。

他身穿品味高尚的西裝，襯托出精壯的體魄。

男子有著深邃的五官和姣好的眉目，深灰色的頭髮打理得十分整潔。今年四十歲的他，著實讓人感受到男性全盛期的姿態。

隨著男子打了一聲響指，一支醫療部隊隨即從後方衝上前來。

「女王的手指要是有個萬一可就糟了。立刻為女王治療。」

「塔里斯曼卿，你認為該怎麼處置佐亞家的嫌疑？」

「此事事關重大，就由我出面處理吧。我會前去偵訊佐亞家，若有露家的紀錄官能陪同，那便是再好不過了。」

「由卿出面嗎……？這麼做確實令人安心。」

休朵拉家是三大血族之中的中立派。

若是休朵拉家在此時出面，比起由露家展開偵訊，此舉更能柔軟地與佐亞家進行交涉。

「也同時去搜捕真凶吧。碧索沃茲，就拜託妳了。」

「女王陛下，臣願接下此任。」

一名有著烈焰般紅髮的少女，從塔里斯曼的身後上前。她也是今日預計參加血族會議的成員之一。

——休朵拉家的異端審問官碧索沃茲。

少女的右耳別著耳針，左耳戴著大型的輪形耳環。雖說她對女王投來的銳利目光教人在意，但據說這樣的眼神是她與生俱來的。

然而——

……雖然很久沒見了。

……「但碧索沃茲給人的印象好像變得挺多的啊」？

女王也無法斷定是哪邊變得不一樣。

不過，她記得這名少女以前總是低著頭，給人消極內向的印象；如今卻變得英姿煥發。

也許是遇上了什麼契機，讓她拾起了自信吧。

「女兒也同意塔里斯曼卿的提議。」

「……伊莉蒂雅。」

「這畢竟是狙殺女王陛下的計畫。這是自皇廳建國以來的重罪，現今僅有那名魔人薩林哲的反叛能足以相提並論。我等應當動用全體王室的力量解決此事。」

即使全身上下都有著細微的擦傷，伊莉蒂雅對著部下們展露的微笑卻沒有任何動搖。

「女王陛下（母親大人）。」

「……我知道了。塔里斯曼卿、碧索沃茲，請你們助我一臂之力。讓我們露家和休朵拉家出盡全力，將此事查得水落石出吧。」

我等這就著手安排——

休朵拉家的兩人在行過一禮後，隨即瀟灑地離去。而伊莉蒂雅也在醫療部隊的包圍下離開了謁見廳。

最後還留在現場的始祖後裔，就只有女王涅比利斯八世。

「……雖然有些出乎預期，但這下就需要希絲蓓爾的協助了呢。」

那是無人聽見的自言自語。

女王像是在說給自己聽似的繼續開口說：

「愛麗絲，動作快。妳要把希絲蓓爾帶回來。那孩子有辦法鎖定這起犯行的真凶，但敵方肯定也能察覺此事。」

如果這次的襲擊主謀並非帝國軍，而是來自皇廳的內部。

「那下一個被狙殺的就是」——

「愛麗絲，她就交給妳保護了。」

2

單一要塞領域「天帝國」——

這個俗稱「帝國」的軍事國家，其實際運作的最高首腦機構，正是設置於帝都詠梅倫根的帝國議會。

就名義上來說，最高指揮權是掌握在天帝詠梅倫根的手裡。

但天帝總是在天守府裡閉門不出，極少自行發布指令。

正因如此。

若要詢問帝國首腦的名字，絕大部分的人都會這麼回答吧——「是議會的最高層幹部『八大使徒』。」

『真是了不起的功績啊，璃灑。妳果然是個優秀的人才。』

此處為寬廣的會議場。

名為璃灑的女軍人正站在中央的站臺上，以嘆息作為回應。

「……唉。」

『哎呀，妳不高興嗎？』

「那還用說。也希望各位能體驗一下在三更半夜被強行叫醒，還得被叫到帝都地下五千公尺的幽暗之地的歷程呢。」

璃灑・英・恩派亞。

女子身材高挑，有著看似聰穎的端正面容，與她戴著的黑框眼鏡很是相配。

雖說年紀和米司蜜絲同樣是二十二歲，但和身為一介隊長的米司蜜絲相比，她已經以帝國史上名列前茅的速度升上使徒聖，是個不折不扣的才女。

或許比起才女一詞，「全能天才」才是更適合讚揚她的形容。

「咱醜話先說在前，還是別發什麼特別獎金了。咱想休假。」

『這類要求請直接去向天帝大人交涉吧。』

『身為使徒聖的妳，可是侍奉天帝大人的身分，並非受我等管理。』

八大使徒。

雖然是統御帝國議會的八人，但他們並沒有秀出真身。從設置在牆上的螢幕映照出來的身影，就只有朦朧的臉部輪廓而已。

「嗯，哎，咱也想過會被你們這樣說啦。所以說，要找咱談的事情是？」

『是有關前陣子的特殊任務。』

『關於單一集聚智能體「奧門」所進行的研究——亦即對帝國士兵照射強烈的星靈能量，藉以附上人造星紋；就結果來看，這次的實驗可以說是成功了吧。』

『我軍順利闖過了皇廳的國境關卡，這是相當輝煌的成果。』

拍手聲接連響起。

那聲響之拙劣，感覺是隨便找某部電影剪輯出來的罐頭音效。

「能受到各位讚揚真是深感光榮——」

對此，女使徒聖也是敷衍以對。

「不過，真正立下大功的還是努力的實戰部隊喔。真不愧是使徒聖第八席（無名），是個相當優秀的人選呢。」

特殊任務——「女王活捉作戰」。

派遣十二支部隊闖越國境關卡，而其中已有十支部隊順利跨越國境。

包含中央州在內，涅比利斯皇廳的構造逐漸變得透明，可說是這場百年戰爭史上前所未有的創舉。

「……但咱內心倒是緊張得半死就是了。」

其中也出現過意外。

被璃灑暗中視為王牌的黑鋼後繼伊思卡，居然在作戰前夕遭到冰禍魔女綁架。

「第九〇七部隊在闖過涅比利斯皇廳的國境之後，就去搜尋潛藏在第十三州的小伊伊吧。」

第九〇七部隊順利救出伊思卡，平安返抵國門。

他們現在已經遠離帝國，在位於沙漠的獨立國家阿薩米拉放長假，但璃灑也沒有一一去確認他們行程的興致。

『璃灑，妳應該也已經收到報告了吧。』

八大使徒以鏗鏘有力的聲調說道：

『成功入侵皇廳的共有十支部隊，而其中一支更是抵達了中央州。』

魔女樂園的中心之地。

涅比利斯王宮——始祖後裔所棲息的「星之要塞」就位於該地。

「有順利潛入王宮嗎？」

『尚未成功。不過，已經拍攝到王宮的外觀和空中花園等設施了。而相關資訊也與我等從俘虜口中問出的情報相符。』

『那麼，接下來才是要談的正事。』

八大使徒的話聲中滲入了冰冷的情緒。

『在我等擬定入侵皇廳的計畫之際，其目標——涅比利斯王宮發生了有意思的事件。』

「哎呀？咱還是第一次聽說呢。」

『「女王暗殺計畫」——若是說得文雅一點，就是所謂的軍事政變吧。』

「…………」

女使徒聖沉默不語。

她閉上抹著淡紅色口紅的嘴唇露出的嚴肅神情，可說是這名女軍人平時鮮少展露的神態。

這也代表八大使徒透露的資訊就是如此驚人。

「這表示涅比利斯八世被捲入內戰之中了？為防萬一，咱姑且確認一下，這並非帝國軍發起的攻勢吧？」

『是魔女煉出的蠱毒喔。』

『始祖的後裔們之中，有部分成員對現任女王的治世感到不滿。不過，這一晚的作戰似乎是以失敗告終。』

涅比利斯的三大血族——

關於他們並非團結一致的事實，璃瀰當然也當成知識的一環有所知悉。但與此同時，她也有難以理解的部分。

「不滿？若只是『感到不滿』，應該不會訴諸如此激烈的手段才是吧？」

在眼鏡底下——

她的目光銳利如刃，抬頭瞪向牆上的螢幕。

「差不多該打開天窗說亮話了吧？涅比利斯的三大血族之中，有人轉而投靠了帝國對吧？那個人究竟是誰呢？」

『唔？』

『也是呢。既然妳的功績如此耀眼，就洩漏一小部分給妳吧。確實存在著與我們直接聯繫的內應，而那人是——』

『純血種「E實驗體」。』

璃灑僅是稍稍動了一下眼角。

她對實驗體這個頭銜不感興趣。既然八大使徒特地挑了這個講法，就代表他們根本不打算向帝國司令部解釋箇中涵義吧。

該留意的是「純血種」這三個字。

既非大臣亦非隨從。這表示涅比利斯的血族與帝國互通聲息。

但那人是誰？

『此時此刻，皇廳應該鬧得不可開交吧。』

「也是啦。就算是以未遂落幕，暗殺女王的行動終究還是會鬧得很凶呀。」

『為此，我們就淡然地執行「後續」吧。這是絕佳良機。』

隨著「嗡——」的聲響。

璃灑身後的牆壁，傳來了直通地面的巨大電梯轉動聲。有人要來會議場嗎？

過不了多久，電梯靜止下來。隨著轟隆隆的聲響，門敞開了。

『真是準時。』

『「歡迎各位使徒聖到場」。這麼多人齊聚一堂還是頭一遭呢。』

五名男女現身。

這幾位鸞翔鳳集的到訪者，讓璃灑不禁破顏微笑。

「哎呀呀？這不是——」

天帝直屬。

最高階級的戰鬥員們——

第十一席，「不在」的機工士——加爾岡里。

第十席，「奧門」研究室長——卡隆索・牛頓爵士。

第八席，「無形神手」——無名。

第四席，機構司令部局長——馬格納卡沙。

第三席，「驟降風暴」——冥。

然而——

從另一臺電梯走出的最後一人，讓璃灑收起了微微展露的苦笑。

「……第一席閣下，這麼做是不是不太妥當啊？」

那是身穿一襲厚重大衣的男子。

面對揹著一把細劍的這名劍士，身為天帝參謀的女軍人露骨地送出了斥責的眼神。

第一席，『瞬』之騎士——約海姆。

正常來說，這名男子應該鎮守在天帝府之中才對。

「直屬中的直屬——背負著重責大任的男子，出現在這種地方真的沒關係嗎？拋下警備的職責也沒問題嗎？」

『璃灑，別如此急躁。他是我等特地拜託天帝大人後，特地調動過來的戰力。』

『這是為了向天帝大人進行匯報。』

『比起由我等向上轉達，由他直接回報應該更為可靠吧？』

十名使徒聖之中，集合了超過半數。

甚至召集了第三席以上的其中兩人，要談論的正事究竟為何？

『繼續討論特殊任務吧。』

『讓我們趁涅比利斯皇廳忙於內戰時出手吧。』

『通往中央州的路徑已經解析完畢。我等即將踏入王宮，為特殊任務「女王活捉計畫」劃下句點。』

皇廳內部執行暗殺計畫。

皇廳外部執行活捉計畫。

以雙重謀略拿下女王涅比利斯八世。一旦事成──

『涅比利斯皇廳將會就此瓦解吧。我等沒有理由放過這次的機會，因此敬邀各位使徒聖參與這次的作戰。』

『你們就充分展現帝國麾下最高階戰鬥員的實力吧。』

# Chapter.4　「惡星變異」

## 1

涅比利斯皇廳第八州黎世巴登——

鎮上升起了朝陽。帶有涼意的晨風吹拂著鋪設了美麗石板的街道，因學生和商業人士們而渲染著熱鬧的氣息。

……理應是如此才對。

但鬧區卻是一片死寂，就像是隻受怕的生物。

馬路上連一臺車子也看不見，人行道上的行人僅有三三兩兩。

取而代之在人行道上巡邏的是警務隊。他們的左手提著反星靈盾牌，透過通訊機聯絡各處的狀況。

「這就是所謂的戒嚴令吧。就連身為帝國人的我們都能一眼看出。」

從拉上的窗簾縫隙向外窺看——

位於旅館九樓的陣眺望著地面說道：

「就連這種位於皇廳邊境的州都有警務隊在巡邏，看來十之八九是事實了啊。」

「……這不是在開玩笑的！」

少女的咆哮聲響徹房內。

只見希絲蓓爾就站在客廳的中央處。

「這、這等凶惡的犯行究竟是怎麼回事！」

她的右手緊緊掐著一份八卦雜誌。

而關注著她的伊思卡和米司蜜絲隊長的手上，也拿著同樣的雜誌。

「『昨晚深夜，王宮爆發軍事政變？企圖暗殺女王和第一公主的計畫……多人在行動中受傷』，這種野蠻的行徑絕對不可饒恕！」

那對惹人憐愛的眸子如今失去了血色。

畢竟是親生母親和親姊姊遭遇了生死危機，會大受打擊也是情理之中。

然而——

對伊思卡等人來說，他們對於這突如其來的軍事政變，實在是不方便表示任何意見。

……畢竟對帝國部隊（我們）來說，是敵國的首腦遇襲啊。

……若是爆發了內戰，對帝國來說可是再好不過的機會。

他能明白希絲蓓爾悲痛的心情。

雖說可愛的少女傷心欲絕的模樣確實惹人憐惜，但同情與否又是另一回事。無論希絲蓓爾以外的「魔女」遇上了何等狀況，他們都不會加以深究。

米司蜜絲隊長和音音似乎也明白這一點，因此只能無奈地沉默以對。

「身為關鍵人物的妳打算怎麼辦？」

倚在椅背上的銀髮狙擊手問道：

「軍事政變的主謀尚未落網──八卦雜誌上是這麼記載的。換句話說，現在的王宮就是最危險的區域。我是不曉得什麼時候會再次發起襲擊啦，但妳還想回王宮嗎？」

「…………」

「也是有在逮到軍事政變的主謀後再出發的選擇喔？」

「這也是我的方案之一。不過，依我推測，軍事政變的犯人恐怕是不會落網的。在等待搜捕犯人的這段期間，約好的三十天護衛期就會先結束。」

希絲蓓爾看似膽怯地輕輕搖了搖頭。

「一如我之前說過的，涅比利斯皇廳一直以來就不是團結一致。想必是累積許久的不滿，在現任女王的治理下一鼓作氣地爆發出來了吧。」

「……是指主嫌是與王室有關之人的意思嗎？」

陣重重地嘆了口氣。

他看向依然呆立原地的魔女說道：

「這也有可能是那個叫假面卿的傢伙幹的嗎？」

「還不清楚。但就我的直覺來說，他應該不是主嫌。」

「理由呢？」

「他這人城府極深，就算真的要採取軍事政變，也不會做得讓外人一眼就能看穿。他若是真的要取女王的性命，肯定會在做案時布置得更像是一起意外才對……啊，不對，他也不會這麼做呢。『因為有我在』。」

「嗯？」

「只要我回到王宮，就有辦法揪出犯人。我不認為知曉我能力的假面卿會如此輕忽大意。」

「……妳有那個能力？」

陣投以訝異的視線。

「那是妳星靈術的能力嗎？」

「是的。當然，我無法全盤托出，但多少還是能像個偵探般進行蒐證。」

純血種希絲蓓爾的星靈，能夠窺探過去。

只要能接近王宮，抵達距離爆炸現場的不遠之處，她應該就能以影像的方式揪出引起爆炸的凶手吧。真凶肯定無所遁形。

然而——

伊思卡之所以懷疑起自己的耳朵，是因為第三公主公布了自己星靈之力的關係。

……她打算向陣、米司蜜絲隊長和音音說出自己的能力嗎？

……希絲蓓爾，妳這是為何……不，難道說？

他多少明白希絲蓓爾公布自身星靈能力的理由了。

「這樣啊。」

陣咂嘴一聲。

「軍事政變以失敗告終，而妳只要回到王宮，就能揪出主嫌。換句話說……凶手的下一個對象並非暗殺目標，而是能緝凶的偵探吧？」

「唔！」

音音和米司蜜絲隊長幾乎同時倒抽了一口氣。她們直到這時才明白希絲蓓爾刻意公布自身星靈之力的理由。

「到了這一步，我被盯上的理由又多了一個——就是這麼回事呢。」

企圖暗殺女王的某人，為了封口而盯上希絲蓓爾的可能性——

「嘴上是這樣說，但妳看起來倒是挺心平氣和的啊。」

「因為我相信各位呀。請各位好好保護我，直到進入中央州喔？」

希絲蓓爾甜甜一笑。

但在笑容底下，她的肩膀卻是微微顫抖著。

就算裝得再光明磊落，這對於年幼的少女來說仍是太過沉重的負擔。這包含了女王（母親）險些在暗殺中喪命，以及自己可能會是下一個目標的恐懼感——

「我們的下一步呢？」

「還是一樣喔。修鈸茲在確認過王宮的狀況後，應當會向我發訊才是。在此之前就先按兵不動吧。」

現在是以逸待勞的時候。

他們要屏氣凝神，繼續藏身在這間旅館之中。

═══

同一時間——

愛麗絲邁著大步，走在通往中央車站的步道上。

「……開什麼玩笑，王宮居然發生了軍事政變事件！」

她澈底捨去了維持到昨天的變裝扮相。

自豪的金髮直直放下，穿在身上的也是高級連身裙，右手則套著以露家家徽——百合紋章為意象的王室鎖鍊。

光明正大地秀出自己的地位，就能省下無謂的手續。

所謂無謂的手續，指的就是確認身分的環節。

「您是……愛麗絲莉潔大人！」

在步道上巡邏的警務隊一見到美麗的第二公主，立即全體舉起反星靈盾牌行禮。

「本小姐要通過此地。中央車站應該還沒被封鎖起來吧？」

「是、是的。目前雖然減少了列車班次，但通往中央州的特快車仍照常行駛！」

「謝謝你。」

她大大甩動著金髮，穿過警務隊的陣仗。

「燐，快點跟上。」

「還、還請您放慢腳步，愛麗絲大人……！就算早點抵達車站，發車時間也不會改變呀。」

「這構成本小姐不加快腳步的理由嗎？」

「小的能明白您的心情，但女王大人乃是一流的星靈使。既然軍事政變已經失敗過一次，凶手應該會多花些時間準備『下一次』才對。」

匆忙跟上的燐，手裡抱著兩個巨大的行李箱。這些是自己和主子的行囊，是她在今天早上收到消息後匆忙收拾的成果。

「燐，本小姐的選擇應該沒錯吧？」

「小的認為，現在立刻折回王宮是正確的判斷。愛麗絲大人坐鎮王宮與否，對敵方來說的壓力可說是天差地別。」

她們目前對希絲蓓爾採取了「視而不見」的策略。

而這樣的方針並未變更。

這與內戰和軍事政變等情勢無關，只是單純不想被他人察覺「姊姊愛麗絲已經知悉妹妹希絲蓓爾僱用帝國部隊作為保鏢」一事。

就算希絲蓓爾勾結帝國部隊的內幕曝了光，也不至於會危及女王的地位。

「雖然這話聽起來有些刺耳，但您不在乎希絲蓓爾大人的人身安全嗎？」

「……就交給伊思卡了。雖然本小姐非常看不慣伊思卡得受她指揮的模樣，但現在可不是抱怨的時候呢。」

他是本小姐的勁敵（東西），並非妹妹的保鏢（東西）。

雖說兩人待在一起的現況依然讓她很不是滋味，但愛麗絲的內心已經比昨日平靜許多。

……是因為在獨處後聊了很多話的關係嗎？

……勾著他的手臂的時候確實是有一點害羞啦。

在不輸給妹妹的距離下。

她總覺得自己重新在伊思卡的內心好好建立了地位，而那樣的地位絕不比妹妹遜色。

……雖然有點害羞，但這都是因為她先那麼做的關係！

……話說回來，伊思卡的手臂還真結實呢。

昨天的觸感依然殘留在雙手和胸部上頭。

雖然身形偏瘦，但仍能感受得到經過鍛鍊的肌肉。雖說這一點和燐相似，但他的體格比燐更為壯碩，靠在他身上的安心感也大為不同。

那暖洋洋的體溫——

讓自己的心臟怦怦狂跳，連帶讓體溫也跟著發燙起來——

心醉神迷的舒適感，讓自己好想就這麼一直靠在他身上——

「愛麗絲大人。」

「啊，不對、不對！那、那是因為希絲蓓爾先做了罪孽深重的……呃……」

「咦？罪孽深重指的是什麼事？」

一臉認真的燐歪起了脖子。

而且因為大聲嚷嚷的關係，就連身後的警務隊都露出了嚴肅的神情打量自己。

「在提及么妹的時候，還請您放低音量。」

「我、我知道啦。比起這事，我們很快就要抵達中央車站了——」

十字路口。就在愛麗絲為了等待紅綠燈由紅轉綠而停下腳步的那一瞬間，一直被她緊握在手裡的通訊機發出了聲響。

有人打來了？

「是待在這地區的女王實戰部隊嗎？」——她懷著這樣的念頭接起通訊。

『愛麗絲，妳沒事吧？』

「——女王！」

她不記得有這樣的前例。

即使身為人母，一國的女王也從未動用過以個人名義撥打電話的手段。

……畢竟這只是尋常的通訊機呀。

……遭受竊聽的可能性並不是零，所以就原則上來說，女王應該不會透過這種手段進行通訊才對。

而女王則是在了解這些風險的狀態下傳來聯絡。

她的真正意圖為何？

「母、母親大人，您平安無事嗎？」

愛麗絲將身子挪向人行道暗處。

她走入小巷藏身，並讓燐為自己把風。

「女兒收到聯絡了。聽說女王謁見廳被安置了炸彈，甚至連伊莉蒂雅姊姊大人也險些一同命喪黃泉。」

『那不是炸彈，而是星靈術所為。現場並沒有檢測出火藥的痕跡。』

「……………是這樣呀。」

星靈術之火會在短時間內消失。

若是炸彈的話，還能從殘骸之中找出蛛絲馬跡；但星靈術就不會留下證據。一般來說，搜查到這裡就會陷入瓶頸，然而——

『這是個好機會。』

女王的話聲沒有動搖。

那斬釘截鐵的語氣，難以想像是出自約十小時前險些遭到暗殺的本人之口。

『若用的是炸彈，就還可能是從遠處引爆；但星靈術有射程上的限制。在那一瞬間，凶手肯定就位在女王謁見廳的不遠處。只要用上希絲蓓爾的力量，就能確實地揪出身分。若換個方向思考，這就是絕佳的機會。』

「您打算逼出毒素嗎？」

『淨化組織內部總會伴隨著傷痛。目前最有嫌疑的是佐亞家的假面卿，但我們也該思考「除此之外的可能性」。』

「……除此之外？」

『也就是設想各式各樣的局面。還有，希絲蓓爾的力量對王室來說是公開資訊，在昨晚襲擊失敗之後，有必要警戒嫌犯變更目標的可能性。』

軍事政變的目標可能會轉向希絲蓓爾。

而愛麗絲也設想過這種狀況。

『愛麗絲，妳還沒掌握那孩子的行蹤嗎？』

「唔！」

聽到母親的詢問。

身為女兒的愛麗絲有些猶豫。然而，若是在此據實以告，就會危及露家整個家族的立場。

「…………不，女兒還未找到……」

『儘快找到她。我雖然擁有自衛手段，但那孩子的星靈應當無法對付刺客。』

「……遵命。」

不對。知道的就只有自己而已。

爭奪第三公主希絲蓓爾的重要性急遽提升，已經超出了女王的預期。

……那孩子為了自衛，已經僱用了帝國部隊。

……我不能將這件事傳達給女王知曉，不然女王的地位會變得岌岌可危呀。

她的保鏢是前使徒聖伊思卡。

就算希絲蓓爾被敵人盯上，伊思卡也絕無戰敗的可能。為此，愛麗絲才能放心貫徹視若無睹的方針。

「女王，女兒先失陪了，還請您千萬保重。」

『那孩子就拜託妳了。』

通話結束。

與此同時，愛麗絲重重地嘆了口氣，仰望天空。

「真傷心呀，本小姐還是頭一次向母親大人撒謊呢。」

「不不不，您撒謊的頻率可是相當頻繁呢。像是不想參加晨間讀書會的時候，您就常常宣稱自己頭痛得無法下床呢。」

「燐。」

「……小的失言了。」

「算了、算了。過來我這裡吧，我需要妳的力量。」

她對著拆光自己臺階的隨從招了招手，要她走進小巷之中。

「一如妳所聽見的，既然女王下令『找出妹妹』，那本小姐就不能回中央州了。」

為此，愛麗絲必須再次變更計畫。

「那孩子還住在旅館裡面。燐，妳現在立刻折返回去。」

「……您要我跟蹤么妹大人嗎？」

「我只要妳遠遠守候那孩子就好。當然，過程中絕對不能被人發現。」

找出希絲蓓爾並加以保護。

對希絲蓓爾的行動一概不知。

這是能同時完成這兩個項目的折衷方案。簡單來說就是──「只要保護希絲蓓爾的人物並非愛麗絲本人」即可。

……說起來，燐原本就是本小姐的護衛。

……她在皇廳的錬成樓將隱匿行動和暗殺技巧都學得爐火純青。

這兩項都是愛麗絲所不具備的技能。

在跟蹤對象毫無察覺的狀況下進行護衛，是一門外行人絕對做不來的專門技術。

「我們分頭行動，行李箱就交給本小姐保管。我會在中央車站待機，有什麼狀況，就立刻聯絡我。」

「遵命，愛麗絲大人──」

隨從空出雙手，露出了誠摯的眼眸。

「女王大人和希絲蓓爾大人若都遭到狙擊，愛麗絲大人也可能會成為敵方的標的，還請您千萬小心。」

接著她調轉腳步。

愛麗絲目送著燐破風離去的背影，隨即也邁開步伐。

「……這麼說來，意圖刺殺女王的人物，繼那個魔人之後似乎是第二人呢。」

史上第二次發生的重罪。

若那人能與魔人薩林哲相提並論——

代表這次的主謀也擁有同樣強大的力量和野心嗎？

「但能與魔人薩林哲平起平坐的……就是綜觀全王室也找不出幾個人呢。既然如此，盯上女王的，究竟會是何方神聖？」

2

夜風狂吹。

在高樓大廈被染上淺黑色的時刻——在以女王為目標的軍事政變事發後接近整整一天的此刻，皇廳依然沒有搜出與主謀有關的進一步線索。

就在這時——

「各位，有好消息，修鈸茲抵達中央州了！」

在旅館的房間裡，希絲蓓爾難得以雀躍的口吻說道：

「他應該明天就能謁見女王了。只要能獲得女王的助力，我應該就能找出直通中央州的安全路徑了！」

「『應該』的部分有點多，讓人放心不下啊。」

「……你這人嘴巴真的很壞耶。」

希絲蓓爾瞪向陣。

理當察覺這道視線的銀髮狙擊手，只是將視線投向與希絲蓓爾無關的天花板。

「我只是要妳別太興奮。繼續思考接下來的狀況，假如事態沒能朝著妳那樂觀的局面發展，妳打算怎麼應付？」

「……我當然知道。」

一臉不服的希絲蓓爾坐到了沙發上頭。

明明是能輕鬆容納四名大人的大型沙發，但是——也不曉得是否該說理所當然，希絲蓓爾就這麼擠到了坐在沙發邊緣的伊思卡身旁。

……若是在昨天之前，我大概還會問她「為什麼要坐我旁邊」吧。

……但現在已經是無可奈何的事了。我沒辦法拒絕。

即使只是坐在身旁，護衛對象（希絲蓓爾）的緊張感仍然真切地傳了過來。

女王暗殺未遂事件的壓力就是如此沉重。

「吶吶，今天要怎麼辦？我們昨天已經巡邏過旅館周遭一帶了對吧？」

坐在地毯上的音音用力站起身子。

「假如待在旅館房裡，就沒辦法知曉室外的狀況，而且現在天色黑了，感覺在外走動也不會惹人注意耶。要去嗎？」

「……今天還是算了吧。人行道上的警務隊會加強警戒的。」

希絲蓓爾嘆了口氣。

從落地玻璃窗往下俯瞰的街景，閃爍著幾許夜晚的燈火。

「雖說我也很在意外頭的動向，但還是耐著性子繼續等待吧。只要等到修鈸茲順利接觸女王大人的——」

她的說話聲被打斷。

轟！

劇烈的爆炸聲響徹四下，穿透了旅館的牆壁在房內迴蕩。

雖說強化玻璃牆沒被震出裂痕，但衝擊之大甚至讓客廳的桌椅輕微搖晃了起來。

「呀啊……！發、發生什麼事了？」

原本站起身子的希絲蓓爾，被震得一屁股坐倒在地毯上。

事發地點在距離旅館不到一百公尺的十字路口——但在漆黑的夜裡開出的火焰花朵，並不是一般人所預期的紅色。

而是魔幻的紫羅蘭色。

鮮豔的紫色火星，在夜空綻放出巨大的花朵。

「是星靈術嗎……？」

「那可不是炸彈呀。隊長，那是星靈之火喲！」

米司蜜絲和音音的話聲交疊在一起。

混在火星之中向外擴散的閃光，看起來是星靈能源的光芒。

……爆炸，再加上星靈術這個起因。

……這豈不是和昨晚的軍事政變的特徵完全相符嗎！

希絲蓓爾的嘴唇被嚇得發青。

襲擊女王的凶手，果然來到第八州了嗎？

「警務隊衝過去了呢。警務隊會在夜晚的人行道上找出犯人，然後犯人會大鬧一場吧？」

「那、那我們就該追在後頭！」

希絲蓓爾讓顫抖的膝蓋使力，一鼓作氣地站穩身子。

「我的星靈就與各位說明過的一樣，即便是在犯人逃跑後，依然有追緝的能力。只要找出犯人的藏身處並交由警務隊處理，我們也能確保行動上的安全。」

「要、要過去嗎……！」

米司蜜絲嬌小的雙手握著高壓電擊槍。

「不過，希絲蓓爾，我們不會出戰。」

伊思卡追在跑向房門的魔女身後，對著她的後背說道：

「只要能鎖定犯人的身影和藏身處就可以了吧？不需我們出戰也無所謂。」

「是的。待我找出藏身處後就會通知警務隊，就照著這個方針行動吧。」

眾人來到了旅館的通道上。

同樣聽見爆炸聲的住宿客們也紛紛來到走廊，將電梯擠得水泄不通。

「唔！居然被圍觀的群眾堵住去路……我們走樓梯吧！」

公主沿著逃生階梯往下衝去。

當從九樓來到一樓大廳的時候，她已累得氣喘吁吁。

「沒事吧？」

「還、還好……但這是個好機會。你看，因為剛才的爆炸聲，住宿客們紛紛聚集到這座大廳。我們就混在人群中出去吧。」

前往路燈照亮的戶外。

之所以看不見警務隊的身影，是因為他們都衝向爆炸現場的關係吧。

「伊思卡哥，那邊還有星靈能量的光芒殘留著。」

就在音音伸手指向夜空的瞬間。

再次——

猛烈的轟炸聲撕裂了夜之漆黑。

「又、又來了嗎！」

而且規模比剛才更大。原本打算跑出旅館的住宿客們，甚至被這陣爆炸嚇得抱頭鼠竄。

「凶手在和警務隊交戰嗎？」

「很有可能呢。伊思卡，我們要加快腳步！」

眾人闖越人行道，前往馬路的另一端。

他們沿著大樓縫隙間的巷弄穿梭，跑向火星飛舞的爆炸地點。而在抵達之後，現場已看不見能自力站立的人。

「什麼……！」

魔女公主發出了尖叫聲。

只見警務隊倒成了一片。所有人都是以緊握反星靈盾牌的姿態倒在冰冷的路面上，或是頹倒在大樓的牆壁旁。

不只是警務隊而已。

「你們是！女王的實戰部隊……！」

倒在警務隊底下的還有幾名身穿西裝的男女。雖說伊思卡看不出他們與民眾的差異，但希絲蓓爾既然能如此斷言，那就肯定錯不了。

……既然是女王的部隊。

……就代表他們是前來搜索希絲蓓爾時遭遇襲擊的？

伊思卡將長方形防震箱的鎖打開。

他握住藏在箱子裡的兩把星劍，瞪視起周遭。也不曉得該不該稱作幸運，由於四下火星飛濺，所以附近並沒有圍觀的好事之徒。

一旦有可疑人物在場，馬上就能辨識出來。

「希絲蓓爾。」

「好、好的！我這就開始！」

魔女公主將手按在胸口。

她像是在集中意識似的深吸一口氣，接著閉上眼睛。

「星星啊，讓我看看你的過——」

「…………『有了』……」

不成聲的低喃——

伊思卡之所以能察覺到那聲話語，應該是對方偶然站在自己這邊的關係吧。因為從上空吹來的大廈風，捎來了屋頂上方的氣息。

「希絲蓓爾，在上面！」

只見一道模糊的人影，佇立在大樓屋頂的邊緣處。

像是在睥睨他們似的。

「咦、咦咦，是星靈部隊的制服嗎！」

「看仔細了，隊長。雖然很像，但那是不同的東西。」

陣將槍口對準人影。

「……看來那傢伙就是凶手沒錯了。」

那是以兜帽遮住臉孔的長袍型戰鬥服。
其質料比星靈部隊的制服更厚，上頭還點綴著看似有毒的紫色斑點。
手上也戴著厚實的三指手套。
……只看輪廓的話，身高似乎比我還要更高。
……但那傢伙若是穿了厚底鞋，就無法辨識他是男是女了。
無法辨識男女老幼。
就算底下是一名機械兵也不足為奇。這身服飾的構造就是如此奇特。
「希絲蓓爾，那是皇廳的人嗎？」
「不、不是……我也沒見過此人。那人並非星靈部隊的士兵，也不是王家親衛隊的成員。」
希絲蓓爾用力吞了口口水。
涅比利斯的公主神色淒厲地握緊雙拳，器宇軒昂地大喊：
「大膽暴徒！你所襲擊的可是皇廳認可的公共部隊和女王的實戰部隊。犯下這等重罪的你，已經無處可逃了！」
『…………』
「我能看出你擁有與王室相近的地位。若是由我——」
『搗碎吧。』

就在襲擊者伸手一指的剎那——

伊思卡感受到無形的壓力在頭上聚集，連忙抱住希絲蓓爾。

「快跳！」

伊思卡的話聲，被砸落的「重力塊」摧毀殆盡。

抱著公主的伊思卡往前跳，陣往後退，音音和米司蜜絲隊長則是分別撲向左右兩側。

隨著「啪嘰」的聲響。

就在下一刻，伊思卡等人原本佇立的「石板地被掀飛起來」。

「是風嗎？不對，我沒聽到破風聲。所以是——」

「是重力！」

被伊思卡抱著著地的公主，擠出了聲音說道：

「那是能操控波動的『波』之星靈的分支。警務隊肯定也是被那種攻擊所擊潰的！」

「是啊，我們也在戰場上親眼見識過。」

那是能作為無形陷阱運用的星靈術。

若用上的是強大的星靈，那就算是行駛到一半的軍車也會被壓制得動彈不得。

要打個比方的話，就是蜘蛛網吧。

最可怕的莫過於遇上聯手出擊，也就是在被重力網逮住、無法動彈的期間，又遭到敵方以炎或是冰之星靈術集中攻擊的情況。

「希絲蓓爾，離我遠點。」

「呀啊！伊思卡！」

他將魔女公主朝身後一推。

他知道這麼做相當粗魯，但這名襲擊者的星靈術之強，已讓他無暇採取其他手段了。

……重力無法目視，也幾乎沒辦法靠風向判讀。

……要邊保護她邊戰鬥實在太強人所難了。

而破壞力也不容小覷。

能將石板地打碎的衝擊，說是一擊必殺也不為過。萬一腦門被重力塊直接砸中，那就算強如伊思卡也會失去意識吧。

……不過，這傢伙用的是重力。

……和剛才的紫羅蘭色爆炸不一樣。這代表出手襲擊的，至少有兩個人嗎？

「往這裡走，抓住人家！」

「隊長，我要拖著妳走囉！」

女隊長握住希絲蓓爾顫動的手，音音則連同她的手，從後方將護衛對象拉進大樓陰影中。

如此一來，應該就能逃離重力的攻擊範圍了。

「阿陣！」

「隊長，妳別大吼大叫啦。我不是說過，這等於是在通知對方『我正在狙擊』嗎？算了，反正對手也沒有要防備的意思。」

在伊思卡身後——

狙擊手隱藏氣息，宛如和大樓的陰影處融為一體似的潛伏著，以左手手槍瞄準了目標。

「用重力是擋不了子彈的。」

子彈撕裂了黑夜。

襲擊者躲不過自黑暗中飛來的子彈，接連被打中了肩膀、胸口和側腹，身形為之一傾。雖說衣服的質料似乎有防彈功能，但無法將衝擊力澈底抵銷。

「咦？打、打中了？明明距離這麼遠……？」

躲在大樓角落的希絲蓓爾迸出了驚愕聲。

「為、為什麼在這麼暗的環境下還射得中人？你的夜視鏡呢？」

「別管這麼多了，快給我閉上嘴躲好。」

陣擊出了第四發子彈。

從大樓底下朝屋頂擊發的子彈，射穿了襲擊者的右腳。原本只是身形輕晃的人影，這時重重地向前一傾。

「選吧，是要就這樣變成蜂窩，還是要『摔下來』？」

『唔。』

身分不明的襲擊者縱身一跳。

他從大樓樓頂躍下，朝著底下數公尺遠的石板地著地。這下墜的衝擊足以震碎一流高手的腿部，不過襲擊者卻靠著操作重力輕柔地落地。

然而，放慢下墜的速度，就等於成了絕佳的劍靶。

『搗碎——』

「太慢了。」

伊思卡一氣呵成地墊步拔劍。

襲擊者雖然試圖以輕靈的身法扭身迴避，但伊思卡的出劍速度仍快上一籌。斜劈而下的黑色星劍將防護衣的布料和護具一同斬裂。

劍刃砍飛脖子上的護具，觸及了底下的皮膚——

——不對勁。

伊思卡感到汗毛直豎。

「什麼！」

劍尖傳來了「砍到空氣」的手感——這讓伊思卡為之驚怖，停下了手中的長劍。

他砍到的不是衣服的纖維。

也不是堅硬的人體肌肉。那空無一物的手感就像砍過了一團水似的。

「伊、伊思卡！現在是手下留情的時候嗎！這時候應該要確實擊倒他吧！」

「…………」

「伊思卡？」

他無法回應魔女公主。

因為就連伊思卡也找不出一個合理的解釋。驅使他及時撤劍的冷顫，以及劍尖傳來的觸感，全都是他過去未曾體驗過的。

「你……」

『啊……脖子上的護具被砍了，這下變廢物了呢。』

與之對峙的襲擊者，將被砍成碎片的兜帽接口處一口氣扯斷，也摘下用來遮掩臉孔的面具。

展露出來的真面目是——

「合計四人是吧。以急就章聘僱的士兵來說身手挺好的。是哪邊來的高手？」

那是一名紅髮魔女。

她的右耳別著耳針，左耳戴著大型的輪形耳環，凶悍的眼神給人粗暴的印象。

在脫下手套後，她底下的手掌小巧得讓伊思卡以為自己看錯了。

……看來衣服底下是個相當嬌小的人影。

……雖說還不及隊長或是希絲蓓爾，但肯定比音音的個子還矮。

魔女對著伊思卡的身後招了招手。

「嗨，希絲蓓爾小妹，妳可真是千呼萬喚始出來呢。」

「妳是碧索沃茲！」

「因為第八州（這裡）很大呢。若要特地去找妳這麼一個小不點，不是很費功夫嗎？所以我就想啊，比起跳下去自己搜索，還是讓妳本人親自亮相比較輕鬆不是嗎？」

紅髮魔女淘氣地送了個秋波。

名為碧索沃茲的魔女露出了可人的笑容，伸腳踩踏起趴伏在地的女王實戰部隊的頭部。

看起來就像是在說「找到一個不錯的擱腳處」一樣。

「……別過來！」

希絲蓓爾立刻打直了手臂喊道：

「我不曉得妳為何會盯上我，但妳這只是白費力氣！剛才的爆炸聲會引來更多增援的警務隊，也會引來更多群眾圍觀的！」

「———」

「妳之所以披上那身裝束，是為了隱瞞休朵拉家異端審問官的身分吧？妳若是膽敢出手，我就會將露出真面目的妳視為軍事政變的主謀。」

她以兜帽和面具藏住臉孔，甚至還戴了手套，可說是偽裝得十分到位。

顯然是有目的地隱藏自己的身分。

「只要揪出妳的真實身分，那休朵拉家的地位就——」

「妳揪不出來的。」

「咦？」

「『希絲蓓爾，我就讓妳看點好東西吧』。」

沙礫被鞋底踢飛。

紅髮魔女率性地踩在碎裂的石板地上，一步步向前逼近。而與她展開對峙的伊思卡，則是一步步向後退去。

「大家，『絕對不要靠近這傢伙』。」

「伊、伊思卡哥，那是什麼意思？」

「她很危險。米司蜜絲隊長，請別讓她（希絲蓓爾）上前。現在立刻作撤退的準備。」

「你、你在說什麼呀，伊思卡！你不是為了戰鬥而來的嗎！」

他無暇回應希絲蓓爾。

眼前的魔女——

其全身上下釋放出來的古怪壓力讓伊思卡無暇他顧。

其帶來的詭異冷顫，與始祖涅比利斯和冰禍魔女愛麗絲莉潔給人的壓力都不同。而在以星劍的劍尖砍中魔女(碧索沃茲)之後，這股冷顫就不曾中斷。

……「沒砍出傷口」。

……明明砍斷了肩膀和脖子的護具，皮膚卻一點傷痕也沒有！

紅髮魔女停下腳步。

她站在兩棟大樓之間。

月影宛如穿透樹葉縫隙的陽光，灑落在昏暗的小巷之中——

「希絲蓓爾小妹，我就預言一下明天八卦雜誌的頭版新聞吧——『第三公主希絲蓓爾遭到神祕怪物攻擊！』」

「咦？」

「妳已經忘掉了嗎？還是不願回想起來？」

紅髮魔女盈盈一笑。

「『妳在王宮看到的**怪物**，是不是和這個很相像呢』？」

嬌笑聲迴蕩在夜晚的街道上。

紫羅蘭色的火焰竄起，吞噬了魔女的全身。

「什麼——！」

斑紋外衣燒毀脫落。

然而，紅髮魔女卻一派輕鬆地站在當地。明明遭受火焰吞噬，卻沒有燒灼她的身體。其原因非常單純——

因為紫羅蘭色的火焰，正是從魔女全身上下竄出的。

惡星變異「Vi實驗體」——

少女發生了變異。

紅髮向上倒豎，宛如深紅色的紅寶石，凝固出金屬光澤。而且全身肌膚還變得透明，宛如水母一般，能穿透她的身子窺看夜空。

當然，人類的肌肉和皮膚，是不可能像幽靈那樣變得透明。

換句話說——

「她不是人類」。

顯現在眼前的，是明顯超越了人類定義的怪物。

「咦，這、這是怎樣…………」

「陣、陣哥，那是什麼東西？」

「……喂，雇主小姐，這和說好的不一樣啊。」

陣的聲音變得沙啞。

就連和伊思卡一樣、拜了帝國最強劍士為師的狙擊手，此時也只能瞪大眼睛看著緩緩降生的怪物。

「雖然說好要幫妳對付皇廳的刺客，但我可沒聽說要和那種怪物打鬥啊。」

「……啊…………啊啊…………唔！」

而希絲蓓爾——

則是渾身發抖，甚至說不出一句話來。

「——呼，想起來了嗎？這樣一來，就算被看到長相也不要緊了吧？今晚的獵物是妳，然後下一個是女王。」

曾是人類的生物，以還留有碧索沃茲些許容貌的臉孔冷笑道。

她攤開雙手。

「星星充斥著怒火。不打算殲滅帝國的血脈已是多餘之物。」

紫羅蘭色的火焰——

亮紫色的火焰自她泛著光芒的肉體竄出，將夜空燒得焦黑。然而，寄宿在碧索沃茲身上的星靈應該是「重力」才對。

「……碧索沃茲，妳那道火焰是怎麼回事！」

「妳說這個嗎？這是星靈能量凝結而成的結晶喔。這就是在百年前將帝都化為灰燼的那片火焰──用水和冷氣都無法撲滅的無盡之火，會持續燃燒。」

紫羅蘭色的火柱驀地竄升。

竄升至與大樓同高的火牆，在吞噬瓦礫和石板地的同時緩緩逼近。

「再見了，露家的血脈。還有妳的護衛也是。」

非人魔女打了個響指。

「皇廳就由我接收了。」

「──我是很想說一句『隨妳高興』啦。」

紫羅蘭色的火焰被黑色的劍閃一舉斬飛。

「但只有她（希絲蓓爾）是例外。我沒打算把她交出去。」

「──什麼！」

魔女的微笑僵住了。

理應不滅的火焰卻被撲滅。不對，是被斬斷了。擋在希絲蓓爾面前的劍士面對燃燒的火牆，以黑鋼之劍將之斬斷。

「居然阻絕了我的星靈能量……？」

「伊思卡！」

魔女碧索沃茲驚呼出聲。

至於魔女公主希絲蓓爾則是歡欣雀躍。

伊思卡接收著可說是恰成對比的嗓聲和眼神，俯視著剛被他斬斷的星炎。

紫羅蘭色的火焰四下飛散。

而無數火星並沒有就此消滅。只見火星附著在石板地上，緩緩地以灼燙的高溫燒熔著石頭的表面。

「把她——」

——帶得愈遠愈好。

他低聲託付了女隊長、音音和陣。

「伊思卡！你、你曾對我說過你是專門對付星靈使的劍士，那句話應該不是在說謊吧……所以你不要輸喔！」

少女的嗓聲被夜風攫去。

伊思卡背對著那陣像是在傾訴一般的竭力吶喊，並沒有回頭看去。他說什麼都不能將視線從這頭怪物身上挪開。

「——這很難說啊。」

伊思卡的低喃，想必無法傳遞給逐漸遠去的魔女公主聽見吧。

「我不會輸給星靈使。然而，我也是頭一次對上這種類型的對手啊。」

這是他第一次看到——

……我不會將星靈使稱之為魔女。

……然而，這傢伙卻是在不同意義上，只能用「魔女」來稱呼的怪物。

魔女碧索沃茲。

他與變異為非人怪物的少女展開對峙。而只是四目相交，就足以讓他的背部噴出大量冷汗。

「我絕對不會輸給星靈使。這是我必須捍衛的尊嚴。」

「哎呀？那你就放心輸給我吧。」

碧索沃茲抬頭仰天。

「因為我不是星靈使——不是歸納在那個次元之中的存在呢。」

「我不是那個意思。」

伊思卡右手緊握黑之星劍，左手緊握白之星劍。

接著他呼出了一口氣。

「我『不想輸給』妳這個魔女。我想說的是這個意思。」

「嗯？」

「剛才砍下去的瞬間，我已經理解妳是非人之物了。然而——」

「那又如何？」

「以不身為星靈使為傲的妳，除了星靈強大之外，再無其他強處可言。」

「嗯？」

「唉，妳這種人大概無法明白吧。」

冰禍魔女愛麗絲莉潔。

始祖涅比利斯。

棘之魔女琪辛。

這些被帝國稱之為魔女的純血種，無一不是他必須賭上性命交戰的強敵。而且，「她們全都是人類」。

即使身為人類之身——

她們也抱持著會被帝國軍蔑稱為「魔女」的覺悟釋放力量。也因如此，她們全都帶著教人窒息的強大壓力。

「被帝國稱爲『冰禍魔女』的星靈使，就是本小姐喲。」

「我在百年前就明白了，想拯救這傷痕累累的世界，需要的並非英雄也不是救世主。所以我便化身爲魔女消滅帝國。」

「身為人類女孩，卻以『魔女』自嘲。以妳的腦袋，恐怕想像不到這需要多大的覺悟吧。」

「嗯……？」

「所以我不想輸。不想輸給『徒有強大』的妳。」

紫羅蘭的火焰照亮了夜晚的巷弄。

在警報聲四下響起的此刻，伊思卡迎接前所未有的戰鬥。

真正的——

人類與魔女之戰。

# Chapter.5 「第三次統合『人與星靈的統合』」

## 1

涅比利斯皇廳第八州黎世巴登——

原本夜闌人靜的中央車站「南阿爾托利亞」一帶，如今已成了警報聲震天價響的區域。

「阿、阿陣，那是怎麼回事？那個魔女為什麼會變成那樣！」

「我哪知道啊。隊長、音音，速度加快。」

陣穿越夜晚的步道，指向眼前的旅館。

即使時值深夜，仍有大量的好事之徒聚集在大廳之中。他們逆著人流而行，穿過走廊，終於來到剛剛才疾奔過的逃生階梯。

「就算我想為伊思卡支援後方，拿這種小型手槍也派不上用場。喂，音音，防震箱裡應該還藏著反裝甲麥格農吧？」

「可是陣哥，那不是用來對付人類，而是用來『對付野獸』的手槍耶。」

「在我眼裡那傢伙就是那種玩意兒。別把她看成人類比較好。」

那是非人之物。

絕非帝國軍所看過的星靈使。若是要下定決心和首次見過的敵人一戰，那就只有動用最強火力這個選擇了。

「那該不會其實是皇廳的祕密武器吧？」

「…………」

「喂。」

「……這不是開玩笑的。」

在逃生階梯的轉角處，有著粉金色頭髮的少女驀地停下腳步。

皇廳魔女的額頭流下了大量汗水，頭髮也亂成了一團，而且臉上的血色全失。

「那名女子……碧索沃茲．艾力克．休朵拉雖是王室的相關成員，但並不是帝國軍會稱之為純血種的對象。因為她的血脈比較『薄弱』。」

「薄弱？」

「她是領養的。休朵拉家找上涅比利斯直系家族的遠方親戚，將她收為養女，並將她培育成制裁罪犯的異端審問官。到此為止的經歷在王室之中可說是無人不知，然而……」

「沒人見過她那種詭異的模樣是嗎？」

「……要是知道的話，我就不會提議追蹤犯人這種風險極大的行動了。」

也許是持續奔跑的疲憊加上恐懼感的關係吧。

頹靠在扶手上的希絲蓓爾，正拖著不時痙攣的膝蓋登著階梯。

「……和那個碧索沃茲貌同實異的怪物，我曾見過一次。」

「咦？」

米司蜜絲隊長反射性地發出了驚呼聲。

「這麼重要的事，妳居然瞞著咱們沒——」

「妳誤會了！我、我也沒料到事情會變成這樣！各位剛才也看到碧索沃茲形體驟變的那一幕了吧！再怎麼說，我也料想不到那種怪物居然會偽裝成平凡的人類呀！」

「算了，怪物的事晚點再來追究。」

陣嘆了口氣。

「回房間去吧。」

「呀啊？」

被陣不由分說地揹在背上的希絲蓓爾發出了驚呼。

「你、你這是在做什麼呀！竟然未經許可就碰觸我——」

「妳自己跑得動嗎？」

「……跑不動。」

少女戰戰兢兢地抓住陣的肩膀。

與其用精疲力竭的腿拾級而上，讓這男人揹著跑還快上許多。

「那個怪物有可能一路追到旅館來嗎？」

「……可能性不是零呢。以她現在那副模樣來說，警務隊應該不可能一眼就認出她是碧索沃茲。就算會被監視器拍到，只要她變回人類的模樣，那我們就束手無策了。」

「挺合理的啊。」

陣一次跨著兩階衝上逃生階梯。

「回到房間後，我們就兵分二路。妳待在隊長和音音的身邊，絕對不要離開房間。我要去支援伊思卡。」

「好的……那人已經不是我們的同志。我得迅速向母親大人回報此事。」

「母親大人？」

「沒、沒事、沒事！請別在意我的自言自語，快點往上跑吧！」

「那就給我乖乖抓好。」

他在逃生階梯上不斷飛奔。

不曉得在自己背上的人物是女王千金的陣，壓低了聲音說道：

「雖說帝國高層都是一群滿肚子壞水的傢伙，但就黑心這部分來說，涅比利斯的血脈似乎也不遑多讓啊。」

＝

——很漂亮吧？

嬌笑聲混雜在冰冷的夜風之中。

「這宛如寶石的頭髮，還有像是玻璃般通透的身體，都是如此美麗。」

究竟是從人身起了轉變——

還是解開了身為怪物的真面目——

將倒豎的頭髮凝結為紅寶石色結晶的「曾為少女之物」，將纖細的雙手大大敞開。

「……妳是人類嗎？」

「這可難說呢。護衛先生啊，你能定義一下何謂人類嗎？」

魔女碧索沃茲交抱雙臂。

雖說帶著幾分圓潤線條的身材確實與少女的年紀相符，但她的肉體正散發著淡淡的光芒，還能透視到她身後的夜空。

「我換個問法吧。」

「要問什麼呢？」

「『妳一出生就長成這副模樣嗎』？」

魔女沒有回答。

取而代之，她鬆開了交抱的雙臂，伸手指向伊思卡。

「希絲蓓爾小妹用『伊思卡』這個名字稱呼你吧？你是什麼人？」

「來自獨立國家的保鏢。」

「『我不是那個意思』。喔，這句話是奉陪你剛才的問法。」

被星炎包覆的魔女冷冷一笑。

「帝國軍使徒聖的第十一席『黑鋼後繼』，記得就是叫這名字對吧？我是在問你倆是不是同一人呀。」

「唔！」

「吾等『休朵拉』之血已經隱忍了百年時光。在蟄伏的這段期間，帝國軍的動向自然是瞭若指掌。」

「……所以妳的目的是拿下皇廳？」

「真是平庸的結論。」

空氣被「砰」地彈了開來。

魔女碧索沃茲的全身上下，噴發出數以千計的紫色火焰。

「『哪可能會因為這麼無聊的理由就放棄人類之身呀』。」

炎之花蕾綻放開來。

那是星炎——在碧索沃茲體內奔竄的星靈能量具現化的產物。

「『紫羅蘭色的小行星』。」

烈火劇烈膨脹，變成了足以吞噬伊思卡的火球。

無論用上任何一種水或是冷氣，都無法撲滅這道火焰。因此在一百年前，帝都在被這場烈火侵蝕之際，只能無能為力地化為一片焦土。

在星靈能量耗盡之前，這道火焰絕對不會熄滅。

「燃燒殆盡吧。」

視野被火焰填滿。

左右是大樓，前方則是巨大的火焰團塊，而且伊思卡的背後還倒著警務隊的成員。

……這傢伙！

……她是真的打算把一切都摧毀殆盡嗎！

要躲的話是躲得開。

從火焰的行進速度來看，他只要在火球落地之前儘量拉遠距離即可。這是極為簡單的方法，就算伊思卡這麼做，也不會有人出言埋怨。

然而——

「妳的心中沒有皇廳，也沒有其他東西嗎？」

他蹬地一衝。

伊思卡以裂帛之勢，將高舉的黑之星劍重重劈下。

——切斷。

宛如刺破鼓漲的氣球一般，巨大的星炎隨著「啪」的一聲巨響，化為無數火星飛上半空。

「哈！果然是那把劍呢！」

魔女高傲的笑聲響起。

「若想撲滅星炎，就只能投以等量的星靈能源加以抵銷。想不到居然能用劍斬斷，帝國軍到底是找到了什麼偏門的手法呀？」

「妳自己猜吧！」

「但說穿了就只是一把劍，根本一無是處。」

魔女伸出右手臂。

她的指尖指向伊思卡，飄浮在空中的數十顆火球隨即同時朝地面砸落，宛如燃燒的流星群。

「只砍掉一個根本算不了什麼。要是面對這麼多的火焰——」

「少了兩位數啊。」

「嗄？」

「若想殺我就該這麼做。而愛麗絲就會投下那樣的數量。」

他只是「向前」移動。

紫羅蘭色的火焰將夜色染成一片紫色，而伊思卡僅僅瞥了火球的軌道一眼，便舉起了星劍。

他將瞄準腦袋砸落的星炎斬斷，並順勢掃斷了下一顆火球。

他躲過了自斜上方落下的火焰——

伊思卡馬不停蹄地蹬地疾奔，衝向眼前的魔女。

「你明明是人類，卻表現得像個怪物呢。」

「彼此彼此啊。」

對伊思卡來說，對手是未知的魔女。

但看在魔女眼裡，面對這麼大量的星炎還敢向前硬闖的瘋狂劍士，肯定也讓她大感震驚。

……我明白一件事了。

……就算外表和力量再怎麼超乎人類範疇，「這傢伙用的還是人類的打法」。

這和純血種的戰鬥風格很相似。

在看到伊思卡擋住第一波攻擊後，就會改用火力全開的大規模術式試圖壓制對手。這是因為他們都知道這是與人對戰時的最佳戰術，並澈底鍛鍊成本能反應了。

「『地母讚歌』——」

以魔女的腳底為中心，冒出了一個黑色的巨蛋狀物體。

宛如蟲蛹般的扭曲重力場。

「重力風暴啊！」

轟——大地為之鳴動。

石板地率先發出慘叫。地面的石頭迸出蜘蛛網狀的龜裂，而巨大的裂痕也在轉瞬間加深。

渦旋的重力宛如風暴中心，將周遭的一切強行拉了過來。

「抓到你了。」

「妳說反了。」

他在大樓的牆面上「著地」。

就在被重力風暴逮住的前一刻，伊思卡憑藉著連野獸都會為之驚愕的腳力高高躍起，衝出了重力的影響範圍。

咚——

他以三角跳躍的要領蹬踏大樓的牆面，跳往對面的大樓。

他瞄準魔女的頭頂揮劍劈下——但就在下一瞬間，伊思卡感受到了深不見底的強大壓力。

他的皮膚察覺到了。

魔女碧索沃茲的全身上下，正閃爍著紫羅蘭色的光芒。

「唔！」

距離斬中魔女，只剩下不到兩秒的時間。

即使已經逼近到這樣的距離，伊思卡仍選擇收手。他踢蹬路燈，改變了跳躍的軌道，在魔女遙遠的身後落地。

「啊哈、啊哈哈哈！你可真不賴，可以當成摧毀佐亞和露之前的熱身練習呢。」

非人少女轉頭說道。

她的眼睛「正在燃燒」。這並非比喻。和頭髮一樣硬化為寶石的眼睛，此刻正噴出了星炎。

……星炎的火勢變強了？

……是因為情緒過於激動，讓力量從體內溢出的關係嗎！

「不過，我差不多看膩你的臉了呢。而且還得去追希絲蓓爾小妹才行呢。」

魔女妖豔地抬眼說道：

「我就稍稍拿出真本事吧。你要心滿意足地乖乖喪命喔？」

## 2

在伊思卡和魔女碧索沃茲交戰的數分鐘前——

中央車站「南阿爾托利亞」——

愛麗絲正氣喘吁吁地在通往鬧區的主街道上奔跑。這同時也是昨天伊思卡和希絲蓓爾牽著手走過的道路。

「到底怎麼回事呀。那起爆炸是怎麼搞的……？」

紫羅蘭色的火焰。

鮮豔的紫色火焰在夜晚這片畫布開了花，然後逐漸消散。

這裡是星靈使的國度，所以絕大部分的人們都能立刻明白——那不是火藥，而是強大星靈能量所迸出的光芒。

……而且那個方向……

……不正是希絲蓓爾下塌處所在的方位嗎？

不會吧。

隨著惡寒竄上全身的，是昨晚發生在涅比利斯王宮、險些暗殺女王的爆炸事件。她確實也擔憂過妹妹希絲蓓爾會成為下一個攻擊目標。

「可是伊思卡應該在她身邊才對，而且也有燐跟著……」

有伊思卡作為希絲蓓爾的護衛。

加上燐應該也在近處監視兩人的動向才對。

「通訊機的訊號是黃色……這代表她暫時抽不開身呢。」

藍色代表訊號正常，紅色代表通話中。

至於黃色則是拒接來電。

燐大概正因為某些事情而「忙碌中」，因此暫時將愛麗絲的號碼設定成拒接來電了吧。

「……哎喲，真是的，這不又得要本小姐親自出馬了嗎！」

她調勻呼吸，再次邁步疾奔。

雖說爆炸平息下來了，但是聽到剛才那聲巨響的民眾正朝著戶外群聚。而在場維持秩序的正是警務隊。

「那邊的女孩，等一下！」

「是本小姐。快告訴我發生什麼事了。」

「第二公主大人！」

路燈照亮了愛麗絲的臉孔，而在她展示纏繞在手腕上的王室鎖鍊後，警務隊的成員們隨即擺出了敬禮姿勢。

「禮數就免了，快說。」

「遵、遵命！我等目前正在進行調查，但前往爆炸現場的部隊都失去了聯繫……我們正在指派援軍前去支援。」

「是在哪裡失去聯繫的？」

「是、是沿著這條路過去的第十四區！在疑似星靈術的爆炸發生之後，前往調查的部隊有四人失去了聯繫。」

「……你們的狀況也一樣呢。」

愛麗絲也是一樣。她現在聯絡不上女王的實戰部隊。

而燐也暫時無法通話。

「你是這裡的隊長吧？停止派遣援軍，你們就專注避免民眾過於接近現場。」

「咦？您、您這話是什麼意思？」

「本小姐會過去確認狀況。這樣做不僅能迅速釐清狀況，應該也能和燐順利會合。」

「要勞駕公主大人嗎！」

「吶，拜託你了。這是我身為王室成員的義務，而且只是過去看看而已。」

在警務隊面面相覷的情況下，愛麗絲露出了客套的微笑。

……真是的，別這麼遲鈍好不好。

……要是跟著我一起過去，只會被本小姐的星靈術波及到呀。這我可是敬謝不敏啊。

在預想中，最糟糕的狀況是——

敵人是襲擊了女王的軍事政變主謀，並對希絲蓓爾動了手。若那起爆炸真是同一人所為，那只要距離不遠，就肯定會遭到襲擊。

「可、可是……」

「那本小姐就作個折衷，設定十分鐘的時間如何？本小姐會在十分鐘內聯絡你們，若我沒有聯繫，那你們就派出支援部隊吧。」

「……若前提如此，那我等也能接受了。還請您一定要平安無事。」

「謝謝你。你們也要小心喔。」

她沒等候警務隊回應，便再次發足疾奔。

十分鐘並不是很短的時間。根據紀錄所示，星靈使之間的模擬戰戰鬥時間平均落在兩分鐘左右。若只是要找到犯人並將之壓制，已經是相當充裕的時間了。

第十四區。

「是在這裡對吧。燐、燐？妳在的話就回應一下！」

雖說設有路燈，但舊大樓林立的夜晚巷道幾乎沒有多少照明可言。她持續朝深處前進——

這時，愛麗絲嗅到了一陣燒焦味。

「……難道火勢還沒撲滅嗎？」

「愛麗絲大人！您平安無事嗎！」

只見身穿西裝的黑髮女子從另一側的通道跑了過來。

她的年紀約在二十五歲左右。

愛麗絲特別留意她的領口，上頭別著特製的百合家徽鏈型胸針，是女王的實戰部隊都會別在身上的制式配件。

「我等找到希絲蓓爾大人了！但卻遭到敵方攻擊……我方雖然試圖反擊，但敵方挾持了警務隊作為人質，希絲蓓爾大人也在戰鬥中負傷！」

「說下去。」

「是！但時間緊迫，就由屬下為您帶路吧。愛麗絲大人，請往這裡走！」

「嗯。」

雖然嘴上如此回應——

但愛麗絲的雙腳並未從受路燈照亮的石板地上挪動。伸手指向暗處的女王實戰部隊，在這時察覺公主並未跟上，因而回頭看來。

「……愛麗絲大人？」

「本小姐有一件事想問妳。」

「狀況分秒必爭！我們已經沒時間了，若是再虛耗下去——」

「『妳到底是誰呀』？」

身穿西裝的女子嘴角一僵。

至於愛麗絲則交抱雙臂。

「妳大概以為像公主這種高貴的身分，是沒辦法連一兵一卒的臉孔都記住的吧？若是如此，那還真是讓人傷心的誤會呢。」

「…………」

「女王與實戰部隊面談的時候，本小姐的任務就是在一旁旁聽。那些侍奉露家的家臣無論是長相還是姓名，全都記在本小姐的腦海裡。」

偽裝成露家實戰部隊的女子。

雖然是愛麗絲不認識的人物，但大致可以推論出對方的陣營和目的。

……打算將本小姐引入狹窄的道路是吧。

……是打算甕中捉鱉嗎？不然就是吃了熊心豹子膽，打算從我口中逼問出希絲蓓爾的所在之處吧。

也可能兩者皆是。

「我也要感謝妳呢。拜妳所賜，本小姐這下明白了一件事。」

她懷著滿腔的嘲諷之情說道：

「希絲蓓爾還平安無事呢。你們要是抓到她了，就不會花功夫和本小姐扯上關係了。你們的首要任務是攪亂警務隊的搜查，並趁機抽身對吧？」

「…………」

「退下吧。懂得遵守禮數的丑角，可是會在把戲被拆穿後乖乖下臺的呢。」

「您真是冰雪聰明呢，第二公主大人。」

鏈型胸針彈上半空。

從領口上扯下忠誠的證明並一把扔棄，想必是在表明對現任女王的造反之意吧。

「您比我聽說得更為刁鑽、更為敏銳，而且更是美麗許多。」

「謝謝妳的讚美。不過本小姐想要聽的不是有口無心的稱讚，而是要妳把路讓開。」

「恕我拒絕。公主，納命來吧！」

女子甩動西裝轉身。

那是相當熟練的動作。握在她手裡的小型手槍，正將槍口對準自己。

「唔！居然用槍？」

明知實力懸殊還這麼做？

愛麗絲的冰牆可是能將帝國部隊的掃射攻擊悉數彈開。

因此她即使被手槍瞄準也不足為懼——而皇廳的人民應當對此事知之甚詳。既然如此，那她是別有目的嗎？那又會是什麼樣的目的？是虛晃一招？還是設下了陷阱？

那困惑的一瞬間——

使得愛麗絲的判斷慢了一拍。

「再見了，公主。」

子彈從愛麗絲的手臂旁掠過。

那並非普通的子彈，而是用以敲擊設置在身後的引爆裝置的橡膠子彈。當愛麗絲理解到這一環時，三臺裝置上的燈已經亮了起來。

嗶嗶嗶——

三聲信號接連響起。

「唔！不會吧！」

三重引爆。

圍繞小巷的三棟大樓設置了塑膠炸藥，將大樓牆壁和愛麗絲所踩著的石板地炸成了碎屑。

粉塵瀰漫四下。

而從煙塵的縫隙之間，可以隱約窺探到爆炸地點已被炸得精光，只剩下大樓牆壁裸露出來的鋼筋殘骸。

「這是用來吸引警務隊注意的陷阱。對手是始祖血脈，哪還有正面挑戰的道理呀。」

路燈扭曲變形。

女子面對崩落堆疊的瓦礫，收起了手槍。

「『Vi』正在繼續追蹤第三公主的下落啊……真慢呢。到底還要花多久時間啊？直接連同護衛一起處理掉不就得了嗎？」

她調轉腳步。

但即將跨出的腳步卻停住了。

——不對。

停住的不是腳，而是「鞋子」。她無法抬起腳尖和腳踝，鞋底像是被強力膠固定了一般，沒辦法從石板地上扯下。

閃耀的白色結晶。

宛如冰柱般的薄薄冰層，將她的鞋底緊緊地固定在石板地上。

「妳眞是用上了很不人道的手段呀。」

「冰！怎麼會……？」

瓦礫堆成的小山緩緩崩落。

雙腳被釘在地上的刺客無法回頭。她僅靠聲音就明白了一切。

「這不可能」。

在極近距離下引發的爆炸，應該會在星靈的自動防禦發動之前擊殺宿主才對。

星靈也並非無所不能。

就算能察覺宿主（愛麗絲）的危機，也必須在感應到爆炸後，判斷對宿主有危害，才能採取防禦行動。

但在星靈反應結束之前，宿主已經被爆炸給吞噬了。

「呼！要是再慢個一步，本小姐就要變成肉餅了呢。」

從地面竄出的巨大冰柱，將有數百公斤重的鋼鐵瓦礫輕輕拋飛。

而在瓦礫底下——

愛麗絲以毫髮無傷的姿態站起身子。

「……居然在那一瞬間防住了！」

「在和帝國軍對峙時，這種手段可是層出不窮。妳應該不至於不曉得本小姐是怎麼被帝國軍稱呼的吧？」

「唔！」

冰禍魔女。

在戰場上現身的眾多純血種之中，帝國軍特別將她視為一大威脅，其原因在於——

「無法擊敗」。

她有能擋下砲擊的冰牆，以及能連同毒氣與大氣一同凍結的寒氣。就算布下了大規模的地雷，也會被她凍結地面而失去作用。

換作是炎、雷或是風屬性的星靈，就沒有這麼強大的防禦手段了。

冰屬性所帶來的自我防衛能力——女王涅比利斯八世之所以願意將愛女獨自派往最前線，就是基於這樣的背景。

「但還真是千鈞一髮呢。」

愛麗絲將視線從動彈不得的刺客身上挪開，環視起左右和身後的大樓群。

大樓的牆面被亮晶晶的寒冰所包覆——

她為結構被炸傷的大樓地基鋪上一層寒冰（填充物），並以厚實的冰塊在下方支撐。若沒有這樣的補救，這些屋齡老舊的大樓肯定已經倒塌了吧。

「妳這人真是差勁透頂。」

愛麗絲再次回頭看來。

她的眼裡滲出了冰冷的怒意。

「要是大樓倒塌了，可是會釀成慘劇的。妳到底打算牽連多少人犧牲啊？」

「不會吧……除了保護自己之外，還護住了大樓以防坍塌？在爆炸的那一瞬間，竟然還有如此充裕的餘力……」

刺客雙肩發顫。

這就是露家的終極武器。女王暗殺計畫之所以挑在「愛麗絲不在的期間」實行，其理由正出自於此。

——不能與之敵對。

說什麼都不能和這名公主正面對戰。

「已經夠了吧？」

冰塊擠壓的聲音傳來。

束手無策的刺客，就這麼被關在巨大的冰柱之中。她雖然在冰之牢籠裡大聲尖叫，但聲音被厚實的冰塊阻絕，完全傳不到外面。

「本小姐沒空和妳瞎聊呢，妳就在牢房裡說個痛快吧。」

她轉身背向冰塊。

愛麗絲已對襲擊自己的刺客澈底失去興趣。自己所追捕的刺客另有其人，不是這名女子。

……才不會是那種老套的塑膠炸彈呢。

……本小姐掛念的是紫羅蘭色的閃光。那肯定是用星靈術引發的爆炸。

還沒收到燐的聯絡。

她人就在附近，肯定已經早先一步抵達現場了。若非如此，她也不會刻意設成拒接來電。

「燐，妳在哪裡——」

爆炸聲響起。

那也是這個晚上最為劇烈的轟鳴聲傳遍四下的瞬間。

3

「我差不多看膩你的臉了呢。」

星炎——那是將星靈所產生的能量壓縮到極限後，以物質形式顯現的模樣。

飛舞於夜空的紫羅蘭色火星妖豔至極，宛如翩翩飛舞的美麗蝴蝶。

而這些火星——

「發射出去吧。」

化為火雨，從伊思卡的頭頂上方全數灑落。

雖然每一粒火星都只有指甲大小，但這些全都是超高溫的能量球。只要稍微擦到衣服就會熊熊燃燒，而這道火焰絕對不會熄滅。

……就連頭髮也不能隨意觸碰到。

……就凶險程度來說，似乎和純血種琪辛的「荊棘」不相上下啊！

伊思卡向後退去。

在他蹬地後躍之後，火焰落在他原本所站的位置，將石板表面燒熔成泥。

「嘖！」

沒辦法全數迴避。

他以劍尖掃掉了朝著落點灑落的火星，隨即轉起身子。他以左腳為軸，宛如陀螺般一個扭身，砍掉了背後的火焰。

「哦哦，真可怕。你的背上也長了眼睛嗎？」

重力操作——

伊思卡抬頭仰望，只見魔女碧索沃茲飛往半空中。對於身在地面的伊思卡來說，她通透的肉體幾乎已經和夜空合而為一。

讓她逃掉了。

如今，碧索沃茲已經飛到了比周遭大樓更高的高度。

……被擺了一道。

……這些星炎並不是她的殺招，而是用來擺脫敵方追擊的廣範圍術式嗎？

紫羅蘭色的驟雨止歇。

「眼神不錯嘛。那充斥著緊張和敵意的眼神，『不是看得很透徹』嗎？」

魔女昂然地暢談。

伊思卡不想讓她拉開距離，而這份心思已經被她看穿了。

「真想讓躲在某處窺伺的希絲蓓爾小妹也嘗嘗這股絕望。就用我的殺手鐧把你粉碎殆盡吧……極砲・『骸之魔彈』。」

比夜色更為深沉的黑點。

魔女碧索沃茲張開雙臂，而從其中心誕生的，是排除了一切光芒的黑暗球體。

……那顆球是怎麼回事？

……「未免太黑了」吧？難道那玩意兒完全不會反光嗎？

那是星靈術嗎？

說起來，所謂的「黑色」，即是光芒遭到吸收後才會看見的顏色。而魔女碧索沃茲的星靈乃是重力。

若要從這些線索去推測黑暗球體的真貌——

「難道是黑洞嗎！」

「答得好，但已經太遲了。」

重力崩壞星（黑洞）——

在星球爆炸後誕生的那東西，是連光都能吸收的究極重力場。

劈里！

伊思卡腳底下的石板地碎片，在發出聲響的同時碎裂了。那些殘骸被夜空的重力崩壞星吸了過去。

「……她打算將地面上的大小殘骸集中起來嗎！」

從地表飛上半空。

從彎折的路燈、滾落在石板地上的空罐、被隨意棄置的小型車，到被剛才的爆炸炸碎的大樓碎片都不例外——

而伊思卡不認為收集這些殘骸就是魔女行動的最後一步。

「重力崩壞星能影響所有的無機物。看吧，地上的殘骸愈變愈大了呢。」

殘骸。或者該稱之為瓦礫的東西。

體積比伊思卡更巨大的鋼鐵碎片數以百計，朝著夜空的一點集中而去，逐漸形成了瓦礫的集合體。

那是大小與大樓雷同的瓦礫群。

「十公克——」

非人少女的嬌豔嗓聲向下投去。

「聽到這個重量，你會想到什麼東西呢？這剛好比一枚硬幣更重一點呢。」

「…………」

「答案是『子彈』。子彈的重量就只有十公克而已喔。」

雖然僅有十公克。

但一顆子彈就足以讓人類——甚至是大型野獸倒臥在地。

那麼——

她的身旁有著匹敵一棟大樓的瓦礫群，其代表的意思是——

「很棒吧？用上一整棟大樓的質量製成的子彈，想必是誰都沒親眼目睹過的吧？而正因為未知，所以也沒有防禦的手段。」

魔女碧索沃茲張開雙臂，抬頭仰天。

她讓瓦礫和碎石破片持續集中到空中，形成了足以和一整棟大樓匹敵的物體。

「『骸之魔彈』，發射。」

——有六十億克重的子彈。

整整一棟鋼筋大樓的重量。

被重力崩壞星吸收的地表殘骸逐漸凝縮，化為扭曲的球體。而在伊思卡目擊球體扭曲的那一瞬間——

轟————！

迴蕩在第十四區的並非巨響，而是毀滅一切的衝擊破。

從天而降的極大質量。

其直徑正好與伊思卡所在的巷弄寬度相同，絕非星劍所能斬斷的大小。而在伊思卡的腦海閃過「迴避」這兩字的下個瞬間——

「唔——！」

無形的衝擊撲面而至，將伊思卡轟飛出去。

他的背部撞上了水泥牆，意識登時一片黑暗。而在他於一瞬之後清醒過來時，石板地已然不見蹤影。

存在於地面的，就只有一座缽狀的陷坑（隕石坑）。

……那是……風壓嗎？

……明明沒被直接砸中，但光靠餘波就將我甩飛出去了……！

他擦拭被刮傷的嘴角。

在大量粉塵瀰漫的視野中，他看到落在地上的黑白星劍。

……我明明做過即使暈厥也不會撒手放劍的訓練。

……這應該是我頭一次把劍放掉吧？

衝擊力就是如此強大。

而這根本不是子彈原有的威力。光是被風壓刮到，自己就落得如此狼狽的下場。而就眼前的陷坑來看，其破壞力肯定也能與帝國軍的導彈一較高下。

「唉呀，真可憐。」

飄浮在空中的魔女，對著試圖從大樓牆上起身的伊思卡投以冷笑。

而重力崩壞星依然沒有消滅。

「剛才那招沒能粉碎你呢。想不到居然得用上第二發，真是好命苦呀。」

「…………求之不得。」

他拾起星劍。

即使背部的劇痛扭曲了臉孔，伊思卡依然回應了魔女的挑釁。

「我只受了這點小傷，就挺過了第一發啊。」

與骸之魔彈的威力相比——

「伊思卡這名人類顯得過於輕盈」。雖然承受不了風壓的橫掃，但就結果來說，他也因此撿回了一命。

「是在虛張聲勢嗎？」

魔女依然表現得游刃有餘。

「你看起來不像只是受了輕傷，也不像是打算藏身躲避，更何況這才不是什麼『求之不得』的狀況呀。你會再承受一次同樣的痛苦喔。」

「我已經看穿妳的把戲了。」

他在嘗到血味的同時吐了口氣。

伊思卡站在沙塵飛揚的地面上，以星劍的劍尖直指魔女。

「『捨不得用盡全力』，就是妳的天真之處啊，魔女！」

「發射。」

第二發。

以重力崩壞星凝聚的大量瓦礫，朝地面疾射而去。

但他這回看見了。

——就像子彈必須扣下手槍的扳機才能擊發一般。

——骸之魔彈也是藉由魔女碧索沃茲一閃而過的星靈光擊發出去。

因此，伊思卡跳了起來。

在魔彈發射的那一剎那，他以遠遠凌駕魔女動態視力的速度舉起星劍。

若要比喻，就像是一整棟大樓從天砸落。

伊思卡跳到了魔彈行經的路徑上頭，對著逼近而來的魔彈劈下長劍。

「喝！」

星劍沒入魔彈，伊思卡因而得以踩在上頭。

作為他空中的立足點。

「什麼！」

魔女的唇瓣洩出驚叫聲。

在化為非人之物時理應消弭的恐懼之情，宛如泡沫般自心底浮現。這是因為她看出了帝國劍士的企圖。

會被逮到——

魔女雖然位於遙遠的高空之中，但帝國劍士已然找到了用劍尖觸及她的手段。

「盡耍些小聰明！」

第三發，隨即擊出了第四發。

但和第一發子彈相比，這些子彈的體積小上許多，速度也變得緩慢。畢竟「骸之魔彈」乃是一擊必殺的奧義，原本就不是以擊發第二顆子彈作為前提的術式。

……第二顆之後的子彈，說穿了就只是殘骸的殘骸罷了。

……能成為彈丸的瓦礫變少，重量也變輕了，因此速度也提升不了多少。

正因如此——

她更該在第一發用光所有的瓦礫。就算無法直接命中目標，也該讓魔彈的威力昇華到僅憑餘波就能殺敵的程度。

太慢了。

伊思卡在空中對腳踩的子彈一踢，並對準第三顆子彈挺劍下刺。他以劍身刺穿了原為大樓碎片的瓦礫，藉以穩住身形。

然後他飛了起來。

他掠過第四顆魔彈，衝向浮在空中的魔女——

「哈哈！想不到你自己跑來當星炎的柴薪啦！」

碧索沃茲俯視著高高躍起的伊思卡，伸出了自己的手臂。自掌心冒出的紫羅蘭色光芒，以極為強烈的光芒照亮夜空。

「好啦，星炎啊——」

「『解放吧』。」

火焰與火焰相碰，在抵銷後散去了。

「……咦？」

最後發生了什麼事？

魔女想必無法理解吧。那是自己釋出的火焰撞上了伊思卡從星劍釋放出的星炎，引發相消的瞬間。

白色星劍——

能在伊思卡的命令下，釋放出以黑刃消滅的星靈術。

「…………怎麼……會有……這種事……」

魔女碧索沃茲所能明白的事。

就是自己戰敗了。

星炎遭到抵銷，而自己的奧義「骸之魔彈」也反成為敵人的踏腳處。

「居然想忤逆我等休朵拉家？你……會見到真正的惡夢的…………！那是你所不知，『比我更為恐怖的**怪物**的』——」

劍光一閃。

——伊思卡的劍，撕裂了魔女通透的肉體。

光粒噴竄而出。

那不是鮮血。

從魔女碧索沃茲的肌膚噴出的，是宛如水沫般的細小光粒。那無疑就是星靈能源的光芒。

「…………」

碧索沃茲朝下摔落。

失去意識的魔女，想必也沒辦法在落地時保護自己吧。眼見她無法調整身勢，就要這麼倒頭栽在岩層上頭——

「燐。」

「少囉嗦。」

土之巨人像接住了她的身子。

約有三公尺高的巨大物體伸出手，以單手接觸了墜落的魔女。

「我可沒打算受你命令。」

亮茶色頭髮的少女仰望著朝地面墜去的伊思卡。

「雖然被你察覺一事教人生氣……不過，帝國劍士，你表現得還是一如以往啊。我雖然途中捏了好幾把冷汗，但最後連這頭怪物也敗在你的劍下了啊。」

「——呃，啊，好痛！」

砰——！

從超過二十公尺的高處摔落的衝擊，讓伊思卡整個人砸在石板地上。

而巨人像則是無動於衷地站在身旁。

「我呢？這種時候不是應該連我也一起接住的嗎！我還以為巨人像會對我伸出援手耶！」

「嘖！居然沒死嗎？」

「……不，妳咂舌也沒用啊。」

「你可別誤會了。既然你仍是愛麗絲大人的敵人，我就沒有義務幫你……還有，你真的以為我接住她的方式很溫和嗎？」

魔女碧索沃茲被巨人像抱住。

不——那只是表象。巨人像並沒有抱住她，而是以強大的握力掐住身子限制行動，讓她即便恢復意識也無從逃跑。

「想被我接住嗎？」

「……果然還是算了。」

「哼。」

愛麗絲的隨從皺起臉龐。

而在她的視線前方，放盡了星靈能源的魔女，此時再次慢慢變回了人類少女的姿態。

原本包覆身體的刺客服也已燃燒殆盡。

被巨人像手掌所遮住的身子，恐怕是一絲不掛的裸體吧。

「休朵拉家的異端審問官碧索沃茲——就我所知，她就只是個能操控重力星靈的平凡人才對……關於你所交手的那頭怪物，我也是毫無頭緒，甚至不明白那究竟是人類，還是貨真價實的怪物。」

「把這些資訊告訴我不要緊嗎？」

「我只是在自言自語，不是說給你聽的。」

少女氣呼呼地將臉撇開。

「……我沒說謊。而我本人也對親眼目睹的光景感到難以置信。若不對自己說幾句話，我恐怕會懷疑起自己的眼睛吧。」

「沒必要這麼擔心吧，畢竟市容都變得這麼悽慘了。」

巷弄被摧毀得不成原形。

位於左右的水泥牆被炸成碎屑，而受到骸之魔彈餘波影響的大樓，則是沒有一片玻璃窗逃過碎裂的命運。

被溶解成泥狀的瓦礫，正是被星炎灼燒過的證明。

「看來我們是雞同鴨講。我想要的證據和你想的不一樣。」

燐露出了猶豫的神情。

「最理想的狀況，是能獲取『這個女人是受到休朵拉家的指示才會採取行動』的證據，而不是她身為怪物的證據。」

「妳是為了拿到那份證據，才在一旁監視我？」

「錯了。我僅是收到了愛麗絲大人的命令，要前來觀察希絲蓓爾大人的狀況。既然出現了有意加害希絲蓓爾大人的鼠輩，我就不能交給帝國軍擺平此事。」

「……這樣啊，還真是有愛麗絲的風格。」

究竟該苦笑還是嘆息？

從嘴角流露出來的氣息，就連伊思卡也不明白帶著何種情緒。

「涅比利斯皇廳那剪不斷理還亂的關係，我似乎多少也能理解了。」

姊姊（愛麗絲）想幫助妹妹（希絲蓓爾）。

然而妹妹（希絲蓓爾）卻懷疑姊姊（愛麗絲）有勾結假面卿的嫌疑。所以愛麗絲也沒辦法光明正大地出手相助吧。

「總之——嗯？這是什麼粉末？」

燐驀地抬起臉龐。

細小的顆粒從頭上灑落。燐以訝異的神情伸指掬起，像是若有所思地轉過身子——然後僵住了神情。

那是斷垣殘壁的碎片。

陳舊大樓的地基冒出了一道觸目驚心的裂痕，直直地延伸到了屋頂。仔細一看，整棟大樓都已經歪向了一邊。

「要倒塌了！燐，這棟大樓要垮了，快用巨人像撐住它！」

「等、等我一下！你就算催我，我也沒時間弄出巨人像了！反而是你該想辦法吧，帝國劍士！這種時候——」

「凍結。」

冰之藤蔓纏繞上去。

大樓的裂縫很快就被冰塊塞住、填補，而從地面竄出的巨大冰牆，則是支撐固定住即將坍塌的大樓。

至於這是誰的術式——在場可說是無人不曉。

「愛麗絲大人！」

燐迅速行了一禮。

她看向從大樓後方一路跑來的主子。

「請看，愛麗絲大人！小的漂亮地拘捕試圖刺殺希絲蓓爾大人的刺客。而這些全都是燐的功勞喔！」

「胡說八道！」

「……唉……呼……真、真是的……到、到底發生什麼事了啦。」

愛麗絲用力甩動柔亮的金髮。

也許是跑得太急的關係吧，她連聲音都斷斷續續的。

「雖說本小姐也想問刺客的事，但剛才的爆炸也是莫名其妙……還有，伊思卡，你為什麼會在這裡？本小姐的妹妹呢？」

「她正在接受我同伴的保護。不過……」

他看向愛麗絲來時的方向。

有好幾道腳步聲正從那兒逐漸靠近，而那些人恐怕是警務隊的援軍。

「要是被看到會很麻煩的，我得走了。魔女（那傢伙）就交給妳們了。」

「等、等一下，伊思卡！說什麼魔女……妳是碧索沃茲！」

被燐的巨人像抓住的少女。

看到她氣力放盡的臉孔，愛麗絲驚愕得連喉嚨都不禁顫抖。

「這孩子可是休朵拉家的一員。這麼一來，襲擊女王的主謀就是……」

「我和妳們的內亂無關。因為那傢伙跑來襲擊希絲蓓爾，所以我就以保鏢的身分開戰了。就只是這樣而已。」

「……嗯，是這樣沒錯呢。」

愛麗絲一臉苦澀地凝視著碧索沃茲。

而她的眼睛驀地瞠大。

「等等，伊思卡，本小姐注意到了一件要不得的大事。」

「咦？」

「為什麼這孩子沒穿衣服？這是不能忽視的問題！」

「妳關心的居然是那個！」

碧索沃茲所穿的衣服乃是掩人耳目之用。

而那身裝束早已被星炎燒個精光，肉體也產生了巨變。但愛麗絲自然想像不來碧索沃茲當時的模樣。

「……果然不能置之不理呢。聽好了，伊思卡，本小姐有一句話要送你。」

愛麗絲以毅然決然的神情轉身看來。

「本小姐要是認真脫了，可是會比碧索沃茲（這孩子）更厲害！」

「是在認真什麼啊！」

「愛麗絲大人，請您冷靜！」

伊思卡和燐很有默契地同聲回應。

至於愛麗絲本人則是漲紅著臉、猛喘著氣說道：

「因、因為這很重要呀！本小姐才不想在你面前示弱呢，不管是哪方面的示弱都一樣……但剛才那句話終究還是有點教人害羞呢。」

「……聽在耳裡的我也很害羞啊。」

「我、我把話說完了！你就趕快回去當希絲蓓爾的護衛啦！」

「是妳叫住我的吧？」

在敵國公主的怒斥之下。

伊思卡轉過身子，在警鈴大作的巷弄中沿著來路疾奔。

# Continued 「月與星與太陽的共舞」

## 1

涅比利斯王宮——

宛如直衝夜空的高聳「月之塔」。這是始祖後裔佐亞家的官邸，而在此工作之人，全都是醉心於佐亞家思想的隨從。

月之塔四樓。

在由四層牆壁所圍繞的密室「月陰」，一共六名男女正站在室內。而除了六名人類之外，地上還躺著一隻野獸。

星獸卡邦庫爾。

這頭有著狐狸外型的石榴色野獸，原本是棲息在星球深處、絕對不會出現在地表的生物，而且也有著人類無法馴養的凶悍野性。

至少世人是這麼認知的。

「很好、很好，真乖。真虧你能嗅到味道呢。原來如此……看來女王謁見廳的爆炸案，十之八九是休朵拉家引起的呢。」

就只有佐亞家麾下的「馴獸師」是個例外。

這裡存在著飼養星獸的老婦一事，是連女王涅比利斯八世都不知情的佐亞家最高機密。

——星獸卡邦庫爾能夠追蹤星靈能源的氣味。

就和警犬一樣。

而這頭星獸已然嗅出了幾天前爆發的女王暗殺計畫的主嫌為何人。

「小傢伙，你難得栽了跟斗呀。居然被當成暗殺女王的嫌疑犯了。」

「呵！婆婆，您這話說得言重了。」

假面卿背靠著牆說道：

「我只是覺得在那個情況下，還是乖乖上銬比較好過一點。只要有星獸（這玩意兒）在，馬上就能追查出真凶了。雖說真凶人選本就在我的意料之內。」

「塔里斯曼卿，你認爲該怎麼處置佐亞家的嫌疑？」

「此事事關重大，就由我出面處理吧。我會前去偵訊佐亞家。」

休朵拉家當家——「波濤」的塔里斯曼。

那個牆頭草理應會在露家和佐亞家之間恪守中立的立場，但他卻做出了強出頭的行為。在那個當下，假面卿便識破了暗殺計畫的全貌。

「看來休朵拉家要有所行動了呢。近百年一直藏身在檯面下的派閥，想必會取得女王聖別大典的敲門磚吧。」

假面卿開口說著。

而他說話的對象，則是位於六人站位的中央處，坐在輪椅上的老人。

佐亞家當家——「罪」之葛羅烏利。

——他寄宿著極為特別的反擊型星靈。

他年逾七十，雙腿因過去和帝國軍交戰而癱瘓，但其目光依然炯炯有神。

「諸君，這是對我等發起的挑戰嗎？」

沙啞的聲音迴蕩在房內。

「讓我等懷抱怒火發憤，抱持沉默報復對手吧。我等一直以為，待米拉蓓爾・露・涅比利斯八世退位後，女王聖別大典的敵人便是那一家的三姊妹，從未將休朵拉家視為競爭對象。」

「正如您所言。」

假面卿接口道：

「休朵拉家下出了一步險棋。他們將暗殺女王的嫌疑推到我等頭上，企圖把佐亞家(我等)踢出女王聖別大典。這是非常有效，同時也背負極大風險的手段。」

他們肯定很有自信吧。

「即便女王暗殺計畫失敗，他們也依然勝券在握」。

「下一屆的女王聖別大典，想必是前所未有的一場激戰。競爭女王大位的第一候補，無疑是露家的第二公主。但若休朵拉家不按牌理出牌，那對我等來說也會是大好機會。」

假面卿伸出了手。

他以掌心撫摸著嬌小少女的黑髮。

「對吧，琪辛？」

「…………」

棘之純血種——琪辛．佐亞．涅比利斯。

少女穿著宛如洋娃娃般的華麗服飾，過去與伊思卡交手所著用的眼罩，如今依然遮蔽著她的雙眼。

「摘下妳眼罩的時機很快就要到來了。」

「……可以摘嗎？」

「嗯，當然。我會讓妳盡情施展力量的。」

假面男子柔聲說道：

「在將帝國毀滅之前，倘若有必要，就讓我等淨化星星和太陽吧。這將會是月亮大放光明的時代。」

## 2

天色漸亮。

很快就要進入第四十個年頭了。

米拉蓓爾・露・涅比利斯八世俯視著皇廳不變的景觀，看著朝陽為井井有條的中央州市容染上一層金色。

涅比利斯王宮「女王謁見廳」——

室內在經過一晚後變得相當冷冽，雖然還不到呼出白煙的程度，但只罩著王袍終究還是有些寒冷。

「……當時也不曾有過這種反應呢。」

畏寒的肌膚起了雞皮疙瘩。

她知道這是自己衰弱的證據。而這是她不曾想像過的事。

就在自己還未滿十五歲的時候。

當時的她無所畏懼。對那時的少女而言，她是一名在戰場上戰無不克的頂尖星靈使，只為了祖國投入戰鬥。

若要說到唯一的例外——

「『米拉』，妳不適合當女王。」

「爲什麼！薩林哲！你爲何……你難道是爲了說這件事才來的嗎！」

「妳只是虛有其表，沒辦法變得鐵石心腸。『妳無法成爲魔女』。」

「……不，還是算了吧。」

已經是三十年前的事了。

自己不再是少女，而是成了人母，更成了女王。

那一天，在女王謁見廳——

無論是與魔人薩林哲交談過的話語，還是在這裡所爆發的死鬥，都不該再去回憶了。

重要的是現在。

身為女王，她該全心投注在兩件事上。

第一，與帝國軍交戰。這與迄今的方針沒有不同。

第二，讓女王聖別大典以「愛麗絲莉潔當上女王」的結果獲取勝利。

關於後者，她還未透露給任何人知情。

但她已經下定決心這麼做了。

「對不起，伊莉蒂雅、希絲蓓爾。我知道妳們都很優秀，但都不具備女王的資質……」

女王必須擁有強大的力量。

在帝國軍派遣的刺客現身時，必須要有足以自保的實力。滿足這項條件的星靈使，在三姊妹之中唯有愛麗絲莉潔一人而已。

無論是長女（伊莉蒂雅）或是三女（希絲蓓爾），擁有的都是不適合戰鬥的星靈。

長女的星靈更是被稱為「最弱」。即使是在王宮之中，眾人也會毫無顧忌地嗤笑，認為那已經超過了「弱小」的範疇，是「無能」的力量。

「但沒問題的。妳們都是出色的淑女，我希望妳們能以女王輔助官的身分支持著她……」

為此，必須排除礙事分子。

得找出在女王謁見廳引發軍事政變的惡徒，並將之逐出王室才行。

「…………」

喀啷。

喀啷喀啷──

在涅比利斯八世所佇立的大廳各處，傳來了瓦礫彈跳的陣陣聲響。這不是剛剛才傳出，而是已經響徹了整整一晚的聲響。

能自行修復的牆壁。

這座城堡乃是百年前藉助星靈之力所打造的「星之要塞」，每一道牆壁上都寄宿著微小的星靈，只要星靈能量匯聚起來，就能自行修復損傷之處。

「然而，這也會抹去爆炸的痕跡。」

凶手很清楚這一點。在自行修復之後，就無法判斷出凶手所採取的手段和爆炸的種類了。

……根據愛麗絲的報告，盯上我女兒(希絲蓓爾)的乃是碧索沃茲。

……那試圖對我下手的主謀，難道就是休朵拉家嗎？

然而，證據很快就要消滅了。

諷刺的是，所有的證據都會在這間大廳恢復原狀時澈底抹消。

「希絲蓓爾，正因為如此，妳的力量是必要的。妳一定要平安無事地回來。」

第三公主希絲蓓爾歸來。

就是對女王來說的「勝利條件」。而這很快就要實現了。

「下一屆的女王聖別大典——」

## 3

「也會是『星』的勝利——女王肯定是抱著這種十拿九穩的心態吧。」

「只要那孩子（希絲蓓爾）回來的話嗎？」

「沒錯。我正想談這件事。妳來的可真是時候。」

男子深坐在椅子上。

高頭大馬的壯年男子朗聲說著，並拿起陶瓷咖啡杯，像是在作勢「乾杯」似的舉了起來。

他是休朵拉家當家——「波濤」的塔里斯曼。

在受到刺眼陽光照耀的露臺上，他將極難駕馭的純白色西裝穿得英姿煥發。他有著輪廓深邃的五官，形狀威武的眉毛，以及打理整齊的深色銀髮。以四十歲的年紀來說，他仍散發著濃郁的男人味。

然而——

就連這名男子的男人味，在造訪「太陽之塔」露臺的女子面前仍顯得相形失色。

「早安，小伊莉蒂雅。」

「早安，塔里斯曼卿。能受邀參與晨間茶會真是我的榮幸。」

第一公主伊莉蒂雅展露微笑。

在朝陽下熠熠生輝的翡翠色長髮，其美麗的程度連各種寶石都難以比擬。

珍珠色的肌膚白皙通透，而大大敞開的衣襟則是毫不吝惜地秀出了深邃的乳溝。

「要來杯紅茶呢，還是說，妳還是一樣只能喝水？」

「那就麻煩您準備熱開水了。」

「我知道了。那就拿出我們家的珍藏，以蒂亞娜靈峰的雪水來招待妳吧……喏，照我的吩咐去辦。」

站在塔里斯曼身後的隨從行了一禮。

待隨從離開露臺後——

「——話說回來。」

伊莉蒂雅優雅地入座。

她坐在身穿西裝的紳士對面。

「我聽說昨晚在第八州舉辦了一場慶典。是塔里斯曼卿的那個安排的嗎？」

「看來那孩子是失手了啊。」

當家將咖啡杯湊近嘴邊。

這並非掩飾緊張或是憤怒的小動作。他穩若泰山的口吻明確地表達出「這不過是在享用餐後咖啡時用來增添樂趣的話題」。

「妳的妹妹似乎僱用了相當優秀的護衛呢。想不到碧索沃茲居然會遭到擊敗，這下損失可不小啊。」

「優秀的護衛？哎呀，我也是頭一次聽說呢。」

接過隨從端來的杯子後，伊莉蒂雅訝異地眨了眨眼。

這位公主素來被評為冰雪聰明，而她這樣的反應實屬罕見。

「這下該怎麼做呢。妳們打算怎麼處理碧索沃茲？要是調查那孩子的身體，可是會得出各式各樣的情報喔。」

「我建議您佯裝不知即可。」

「哦？」

「就算調查她的肉體，也追查不出『帝國的Vi實驗體』這項資訊。比起這點，要是出面袒護她的話，反而會勾起女王的疑心——啊，佐亞家也會呢。」

她以熱水潤了潤唇。

就連呼出短吁也魅力十足的露家長女繼續說道：

「佐亞家盡是些執念深沉之輩，說不定我也快要被假面卿懷疑了呢。哎呀，真可怕呢。」

「這是妳一貫的手法吧？會有這種結果也是宿命所致。」

咖啡杯放到了碟子上。

身穿西裝的紳士蹺起腿，稍稍前傾身子說道：

「有句話叫『八面玲瓏』。既能與任何人和睦相處，又同時不受任何人信任。」

「這我知道呢。」

「『妳是幾面玲瓏』啊？」

「是三面喔。」

外型亮眼的淑女，也同樣將茶杯放到了桌上。

「帝國、佐亞和休朵拉。這個嘛，若是依比例來說，大概是四比一比五吧。」

「…………」

「怎麼了嗎？」

「這膽大包天的舉止確實很有妳的風格。」

當家塔里斯曼忍俊不禁。

「順帶一提，露家似乎沒——」

「哎呀，您可真壞，我明明已經從實招來了。」

她看起來相當開心。

而實際上，用手撐著泛紅臉頰的魔性美女，看起來是真的非常開心。

「話說回來，關於您正在留意的事……也就是關於我妹妹希絲蓓爾的處境。」

伊莉蒂雅的微笑並沒有絲毫變化。

她語氣平穩地提起了妹妹的名字。

「無論是對我，還是對塔里斯曼卿來說，一旦希絲蓓爾返抵此地，狀況似乎就會變得有些棘手呢。」

「就是啊。尤其是女王謁間廳的那起——」

「我打算在那孩子的脖子上套個轡繩，能將這項任務交給我嗎？」

「妳要親自出馬？」

塔里斯曼瞇細了一隻眼睛。

對休朵拉家當家來說，此舉可說是相當意外。畢竟第一公主迄今都貫徹著在檯面下活動的方針，卻在這時提出了恰成對比的大膽提議。

「因為我是最熟悉那孩子的人呀。」

她按住了豐滿的胸口。

眼神婉約的她，看起來就像是個慈祥的姊姊。

「對了，塔里斯曼卿。那孩子僱用了相當厲害的護衛，是打敗了碧索沃茲的護衛呢。您可知道該用什麼手法，才能在這樣的前提下，讓那孩子墮入絕望深淵嗎？」

「先處理掉那個護衛？但豈不太過了無新意？」

「正如您所言。」

「妳的意思是？」

「『我要將那名護衛從妹妹手裡搶過來』。」

她壓低了音量。那是連眼前的塔里斯曼都難以清楚聽見的微弱話聲。

「伊思卡……是前任使徒聖伊思卡對吧。真想見上一面呢。」

「伊思卡？」

「哦，不，我是在自言自語。我有個只要過於開心，就會忍不住自言自語的壞習慣呢。」

「奪走她的護衛？是打算用金錢買通嗎？」

「手段接下來才要思考呢。想方設法的過程總是教人開心，若是能成為我的玩具（東西）就更美妙了……哎呀，討厭，我好像說過頭了呢。」

她有些害羞地露出笑容。

光是這不經意的微笑，就足以擄獲世上的所有男子——不對，就連年幼的少女都會被奪去芳心吧。這名公主的美貌就是如此超凡脫俗。

「畢竟太不公平了嘛。母親和次女（愛麗絲）都有強大的星靈，就連三女（希絲蓓爾）也受到優秀的星靈青睞，還找到了強大的護衛呢。與之相較，『卻只有我一無所有』。」

「哎呀哎呀，這是身為姊姊的對抗意識嗎？」

「這是享受人生的祕訣喔。無論是嫉妒、憤怒還是渴望，我都想懷著這些激情活下去。我希望——我能盡情地享受我自己。」

當家塔里斯曼一派輕鬆地給予回應。

至於翡翠色頭髮的美女，則是對著他吊起了嘴角。

「所謂的魔女，不就是這樣的存在嗎？」

# Epilogue 「魔女之冠」

## 1

涅比利斯皇廳第八州黎世巴登——

氣喘吁吁的米司蜜絲吸著晨間的冰冷空氣，在主街道上硬是撥開了人群向前跑去。

和昨天靜悄悄的主街道大為不同，如今路上滿是往來的行人。

而在街上行走的大都不是普通人，而是新聞記者和播報員。

「呼、呼……呼……！喏，快點、快點，阿陣和音音小妹也要跟上呀！」

「欸～隊長，跑這麼急是會跌倒的喔。」

「反正肯定趕不上了啦。是載了魔女（那女人）的運輸車吧？肯定一大早就出發了啦。」

音音和陣悠哉地在步道上慢行。

音音咬著充作早餐的麵包，而陣的手裡則是緊握著八卦雜誌。

「『第八州黎世巴登發生了不明爆炸意外，與中央州的軍事政變是否有關？』……好像是這麼回事。雖說是理所當然，但上頭根本沒寫到半點重要的資訊啊。」

名為魔女碧索沃茲的怪物——

陣、音音和米司蜜絲隊長都目擊到的「非人之物」完全沒被提及。

看來不是沒能掌握情報，就是相關資訊已經遭到管制了吧。

「她不是帝國軍（你們）會稱之為純血種的對象。」

「她是領養的。休朵拉家找上涅比利斯直系家族的遠方親戚，將她收為養女。」

希絲蓓爾昨晚是這麼說的。

「不管血緣關係是濃是淡，魔女終究與涅比利斯王室有所關聯。有這種身分地位的傢伙，居然盯上了我們的護衛對象啊？」

「陣、陣哥，要是被人聽到的話，會很不妙喔！」

「我又沒提到名字，不會有事啦。妳自己看，路上的警務隊根本沒把我們放在眼裡。」

人潮移動的方向，是發生過爆炸的巷弄。

伊思卡和魔女碧索沃茲曾展開激戰的地點，如今成了一個巨大的陷坑，而這件事也被報導成一大頭條。

「移送魔女的運輸車特地挑這個大清早出發，就這方面來說，確實是盲點沒錯啊。但我們就算跑去目送運輸車離開，也沒什麼意義可言吧？」

「可、可是……阿陣你不會擔心嗎？是那麼可怕的怪物耶。要是她逃出了運輸車，再次襲擊過來的話……」

雇主想親自確認一番。

至少要看到車輛平安地出發。而對米司蜜絲來說，在看過那名魔女的姿態後，她也是一直放心不下。

「伊思卡應該已經先走一步了吧？」

「所、所以咱們也要快點跟上！人家可是隊長，所以要——」

她沒看著前方，就這麼一股腦兒地跑著。

而在前方的十字路口處，有一名行人走到了米司蜜絲的眼前——

「啊，隊長不行，前面有人——」

「咦………啊，好痛！」

發生了相撞意外。

對方的手肘湊巧頂到了米司蜜絲的鼻頭，讓她發出悲鳴，同時向後一跌。

「好痛……還、還以為鼻子要被打斷了……」

「喂，小丫頭。」

「是、是滴！對、對了，是人家撞到人了。對不起！」

被狠很瞪了一眼後，米司蜜絲連忙抬頭望向對方。

小丫頭——男子大概是根據外表這麼稱呼的吧。而對方和個頭嬌小又長了張娃娃臉的米司蜜絲恰恰相反，是個人高馬大的美男子。

他有著髮質偏硬的白髮，以及輪廓深邃、皮膚白皙的帥氣五官。

這裡是拍攝一流雜誌模特兒的片場嗎？

米司蜜絲之所以會產生這股錯覺，是因為這名男子只用一件質地稍厚的長大衣罩住了自己體魄強健的上半身。

「…………嘖！」

美男子有些刻意地咂嘴一聲。

「小丫頭，妳的眼睛是彈珠做的嗎？」

「對不起——！人、人家很窮，所以請別要我賠錢！但我可以送你燒肉折價券！還請你大人有大量……啊，這好像只能用在帝國的燒肉店喔？」

「隊長，妳一個人在那耍什麼蠢。快走啦。」

「奇、奇怪？」

米司蜜絲一臉愕然地眨了眨眼。

她抬起臉龐，只見男子早已不在眼前，而是穿過了十字路口走向遠處。

「難道他不想要燒肉折價券嗎？真是反常的人呢……」

「他大概是覺得撞到詭異的生物感到很噁心，所以決定閃得遠遠的吧。真是正確的判斷。是我也會這麼做。」

「阿陣，你是站在哪一邊的啦！」

「吶～隊長。」

對於鼓著臉頰表示不滿的女隊長，音音戳了戳她的肩膀，聳了聳肩說道：

「要是再不快點就趕不上囉。再說伊思卡哥好像已經先過去了呢。」

2

第八州黎世巴登西南方，都市郊區——

這裡是遠離鬧區之地，街區裡林立著老舊的平房。而位於此地的警務隊本部，在一大清早就讓隊員整隊待命。

他們的目光全數投向一輛大型的護送車。

這輛車收容了犯下器物毀損罪和傷害罪的現行犯碧索沃茲，準備將她押送到中央州。

「愛麗絲大人，小的已經將車輛調度完畢了。」

「…………」

「愛麗絲大人，快起來，請振作一點。」

「好、好啦……因、因為我昨天熬了一整夜，都在陪這裡的本部長問案嘛。本小姐一點也沒睡到呀。」

她佇立在地，閉起雙眼。

在被燐搖了幾下後，愛麗絲隨即強忍住打一個大呵欠的衝動。

「真難以接受，為什麼要本小姐一同問案呀？這太沒道理了吧？說起來，應該是燐和碧索沃茲比較熟吧？」

「因為逮到犯人（碧索沃茲）的是愛麗絲大人，因此由愛麗絲大人出面比較合理。」

「……討厭。」

這是淺顯易懂的道理，而愛麗絲內心也很清楚。

真正打敗了襲擊希絲蓓爾的凶嫌之人，其實是伊思卡。然而，愛麗絲打算徹底貫徹「佯裝不知」妹妹希絲蓓爾僱用了帝國部隊的事實。

不能說出伊思卡的名字。

既然如此，逮捕碧索沃茲的英雄名號又該由誰接手？凶嫌可是大肆破壞了一番的怪物，作為愛麗絲的功績可說是再好不過。

……畢竟能提升露家的形象。

……應該也能嚇阻企圖殺害女王的軍事政變吧。

問題在於這強烈的睡意。光是呆站著不動，就會讓她闔上眼皮。

「愛麗絲大人，要小的為您沖一杯紅茶嗎？」

「區區一杯紅茶……呼啊啊……有辦法提神醒腦嗎…………呼嚕……」

「請別邊說話邊睡覺。」

燐的說話聲離得愈來愈遠。

雖然知道她在身旁搭話，但愛麗絲的大腦已經無法把那些聲響辨識為話語。甚至連她在說些什麼都不明白。

「啊……您……希絲蓓爾……大…………」

「————」

希絲蓓爾這個名字姑且還是聽得清楚。

但她實在是太累了，除此之外的其他話語都是一片模糊。

無論燐說了些什麼——

「啊，是帝國劍士。」

「在哪在哪在哪？伊思卡！伊思卡人在這裡吧？他人呢？」

睡意飛到了九霄雲外。

朦朧的腦袋瞬間撥雲見日，原本沉重如鉛的身子也變得輕如羽毛。

「燐，伊思卡呢？」

「小的說笑的。」

「…………………」

「愛麗絲大人，小的也認同您意欲和強敵一戰的氣概。然而，那個……小的並不是很想這麼提醒您，但您應該要再慎重些才是……」

愛麗絲猛然回過神來。

站在她們周遭的警務隊也因為她忽然大聲吶喊的關係，紛紛將視線投了過來。

「……本小姐要上車了。」

「好的。」

她走向停在腹地後方的王室專車。

這輛車是用來監視碧索沃茲的。搭上車的愛麗絲會與大型護送車一併同行，直到抵達中央州為止。

……反正說什麼都得回王宮一趟。

……我只是比希絲蓓爾快上一點罷了。

不過，這其中也有些不同以往的安排。

燐並不會與她同行。

「愛麗絲大人，還請您千萬要小心。那輛車上的碧索沃茲並非您所認識的那名女子，而是一頭怪物——這絕非單純的比喻。」

「………」

「她與帝國兵交戰的時候，完全就是一個非人之物。」

「本小姐知道伊思卡費了不少功夫。」

就連曾與始祖涅比利斯和魔人薩林哲交手過的伊思卡也會陷入苦戰。光從這點來看，她就能明白碧索沃茲是極為駭人的威脅。

「她要是敢逃，本小姐就用全力攻擊她。我會把她看成帝國的士兵喔。」

「還請您也用這樣的心態看待整個休朵拉家。」

「……本小姐正有此意。」

碧索沃茲所屬的休朵拉家。

在整起女王暗殺事件之中，他們是最接近「有罪」的存在。

「這回的軍事政變讓我痛切地明白，女王必須由本小姐貼身保護才行。所以在這段期間，希絲蓓爾就拜託妳了。」

她坐進車內。

愛麗絲隔著全開的車窗對燐招了招手，在她耳邊說道：

「燐，仔細聽我說。」

「是。」

「那孩子要是貼伊思卡貼得太近，就一定要制止她。也別忘了和我報告詳細內容。」

「您是要我監視那方面的事嗎！」

「本小姐在兩方面都是認真的。」

她認真擔心希絲蓓爾的安危。

但愛麗絲同時也深怕自己的勁敵(伊思卡)遭人搶走，於是打算認真地進行監視。

……還真是詭異的糾結心理呢。

……也罷，等結束希絲蓓爾的護衛任務後，本小姐就不用擔心了。

等希絲蓓爾返回中央州就結束了。

在那之後，伊思卡與希絲蓓爾之間的聯繫也會消失吧。

「再見囉，燐，我們王宮見。」

「好的，愛麗絲大人。」

王室專車的車窗關起。

隨從深深地行了一禮。由於愛麗絲的注意力都集中在隨從身上，因此她沒有察覺。

就在發動行駛的王室專車後方——

此時一對少男少女來到了腹地的外圍。

＝＝

「剛好趕上了呢。伊思卡，請看那裡。」

被警務隊包圍的大型護送車發動了。

後方跟著五輛裝甲車，這也象徵著收容其中的罪犯就是如此危險的存在。

「我認為那就是載了碧索沃茲的車。正如我的預料，他們在天一亮就出發了呢。」

「真的耶。我是沒看到她被押進車裡的那一幕啦……不過不要緊嗎？」

「不成問題。」

做了變裝的希絲蓓爾，躲在大樓的陰影處緊盯著護送車離去。

「已經確認她沒有逃跑的跡象，之後只需交給露家的異端審問官處理即可。畢竟我也不打算把心力浪費在那名刺客身上。」

她緊抓著伊思卡的袖子不放。

指尖之所以顫抖不已，或許是因為憶起昨晚的恐懼感吧。

……畢竟以她（希絲蓓爾）本人為目標的刺客都殺上門來了，這也是理所當然的吧。

……更何況還是那種非人怪物。

一想到還有第二隻存在的可能性。

他們就得保持低調，並迅速作好前往中央州的準備。

「只要我回到城裡，就能擺平這些事。就連意圖狙殺女王的真凶，也能透過燈之星靈的力量揪出來呢……」

「但要先等隨從回報，是吧？」

「是的。修鈸茲能在今天之內見到女王。女王肯定也會迅速為我們安排安全的路徑。」

希絲蓓爾伸手指向來時路。

——趁著還沒被警務隊發現，我們趕緊離開吧。

察覺到希絲蓓爾意圖的伊思卡轉過身子，而緊抓著他袖子不放的希絲蓓爾也跟了上來。

「……伊思卡。」

「嗯？」

「那個女人很強嗎？我想聽聽身為使徒聖的你的意見。」

「我已經是卸任使徒聖了。」

「你還真是堅持呢。那就請你以前使徒聖的立場發表意見吧。」

「……妳也看過那破壞過的痕跡了吧？要是再打一場，我也沒辦法保證會贏。」

但說起來，這樣的感想可以套用在所有純血種身上。

始祖的後裔若都是些三腳貓，那帝國和皇廳的戰鬥也不至於延燒百年之久。

「但問題不在於強或是不強。」

「咦？」

「星靈術之間也是有相剋的概念，所以在強度方面，其實是沒辦法作出比較的——」

確實也是有剋星的存在吧。

若是棘之純血種琪辛，肯定連那「骸之魔彈」都能加以消滅。

而愛麗絲的「冰花」應該也能抵禦住吧。

然而——

伊思卡昨晚所觸及的沉重壓力，卻是超越了這類強弱概念的「某種感覺」。

「她在與強度無關的方面給人詭異的感覺。該說是不對勁嗎……我在和她交手的時候，總有種揮之不去的古怪感。」

「沒辦法專注在戰鬥上頭」。

這對伊思卡來說是從未有過的經驗。

「……那是能稱作恐懼的情緒嗎？」

「身為護衛要是這麼承認，是不是會顯得有些懦弱啊？」

「…………不會的……」

停下來。

希絲蓓爾像是這麼指示似的，握住了伊思卡的手。

兩人在大樓的陰影處感受著潮溼的空氣。

「我昨晚也說過了，我曾經目擊過與碧索沃茲不同的怪物。也是因為有過那樣的遭遇，我才會變得再也無法信任王室。」

「嗯。」

「『那頭怪物比碧索沃茲更加可怕』……」

「……妳說什麼？」

「在目擊的那一瞬間，我的直覺告訴我那絕非人類。」

魔女公主抱住了他的手臂。

這和昨天或前天的舉止不同，並不是為了誘惑他。這是被恐懼折磨著內心的少女，為了尋求救命稻草而做出的行動。

「我也一樣喔，伊思卡。我也很害怕。自從看過那頭『漆黑的怪物』的夜晚，我的顫抖就無法停止……」

「——」

「我很害怕。害怕昨晚的碧索沃茲只是其中一人的可能性。那和強大與否無關，單論強度來說，這世界的歷史上應當不存在超越始祖大人之人。然而，我害怕的並非如此……而是害怕那過於扭曲的邪惡存在…………」

少女環住了他的腰。

第三公主希絲蓓爾將臉貼在伊思卡的胸膛上，拚了命地忍住哭泣的衝動。

「眞正該以『魔女』稱呼的怪物，說不定就藏身於某處……」

「我一直爲此感到提心吊膽……」

距離相遇還有四天。

「王室裡最為弱小的純血種」。

冠以這般評價的第一公主伊莉蒂雅，即將與黑鋼後繼伊思卡擦身而過——

而伊思卡將見識到極為異常的「魔女」。

# 後記

既是姊妹戰爭的開始，也是樂園混沌的開端——

那麼那麼。

感謝各位購買《這是妳與我的最後戰場，或是開創世界的聖戰》（這戰）第五集！

這是在第四集終於堂堂登場的第三公主希絲蓓爾，在命運的捉弄下和姊姊愛麗絲共同登臺的故事。

而這一集的主題是「佯裝不知」。

像是假裝不曉得伊思卡和三女希絲蓓爾有過接觸的愛麗絲和燐，以及在背地裡策劃著各種謀略的長女伊莉蒂雅的想法等。每個人都懷抱無法宣之於口的祕密，並為了自身的目的和野心展開行動。

長女伊莉蒂雅也走上了表面舞臺，下一集終於要讓三姊妹齊聚一堂了嗎？

而關於下一集的大綱——

．伊莉蒂雅接近（主要是為了伊思卡）。
．愛麗絲和希絲蓓爾威嚇（主要是為了伊思卡）。
．三姊妹戰爭開打。

筆者目前打算用這三段情節串起故事。雖說如此，但終究還是大綱的階段，至於實際內容如何，就請各位當成第六集上市後的驚喜吧。

再來是通知訊息。

首先從多媒體相關的消息說起。

由okama老師繪製的《這戰》漫畫版，目前正在《Young Animal》雜誌上連載。老師在漫畫上添加了許多小說版無法呈現的劇情混編，讓細音我每回都十分期待。雖說還得過一段時間才會出版單行本，但我屆時會提醒各位的。

至於另一項讓人開心的消息——

由BookWalker主辦的「輕小說新作品總選舉2018」——

在全新的作品之中，《這戰》獲得了堂堂第三名！

能在輕小說這個範疇的新作品（據說總量有數百之多）脫穎而出進入前三名，實在是讓我感到非常開心。我再次感受到這是一部備受疼愛的作品。投票的各位，還有長期支持《這戰》的各位，請容我一拜！

劇情接下來會更加熱烈，還請大家繼續期待後續發展。

另外，第六集預定會在冬季上市（註：本文出現的時間皆為日本販售時的狀況）。

三姊妹的戰爭終於要正式開打了（……至於有沒有打成，就請各位期待了）。在執筆方面也相當順利，只能苦苦等候上市的那天到來了。

此外，在《這戰》第六集發售之前，還有另一部作品的新書會搶先上市，請容我在這裡稍作介紹。

●ＭＦ文庫Ｊ

《為何我的世界被遺忘了？》

最新一集（第五集）預計會於十月二十五日上市。

漫畫第一集也快馬加鞭地上市了，小說和漫畫的銷量都相當亮眼。

由於《這戰》在「輕小說新作品總選舉」引起巨大反響，因此我也希望這部作品能寫出毫不遜色的有趣內容。還請各位親眼確認喔！

最後是致謝的時間。

插畫家猫鍋蒼老師，這次的封面由好久不見的愛麗絲擔綱，而您的畫作依舊可愛又充滿了魅力。真是非常感謝您！

責編K大人，不只是小說而已，就連廣播劇短篇和漫畫也受您照顧。您每次都會仔細地閱讀原稿，真的相當可靠。這次也受您照顧了！

劍士伊思卡和魔女公主愛麗絲的故事——

皇廳方的最後一個血統也參與了戰事，下一集預計會變得更加熱鬧。

在第六集中，伊思卡與魔女三姊妹之間的周旋，將會吸引更為巨大的星之命運。這會是我傾注不少心力寫下的故事，還請各位期待喔！

那麼再見了。

在十月二十五日上市的《為何我的世界被遺忘了？》第五集（ＭＦ文庫Ｊ）。

以及冬季上市的《這戰》第六集。

但願能在這兩冊再次見到各位。

聆聽著午間雨聲　細音啓

※我會在推特上隨時公布新書上市等訊息。

https://twitter.com/sazanek

# 下集預告

「你可是我重要妹妹的護衛，當然得好好招待一番了。」

「姊姊大人，您要是敢對伊思卡出手，我絕對不會饒了您的。」

將希絲蓓爾護送到王宮的任務即將結束——

就在眾人這麼認為之際，第一公主伊莉蒂雅現身在他們面前。

希絲蓓爾和伊思卡等人被招待至露家的別墅作客，

而對伊莉蒂雅的舉動感到可疑的愛麗絲莉潔也找上門來。

在同一個屋簷下，爭奪伊思卡的三姊妹齊聚一堂……

**至高魔女與最強劍士的舞蹈，第六幕。**

**伊思卡與三姊妹的家族交流，究竟會將他捲入什麼樣的紛擾之中——？**

這是妳與我的最後戰場，
或是開創世界的聖戰 6

## 近期預定發售！

## 不起眼女主角培育法 1~13、FD1~2、GS1~3 待續

作者：丸戸史明　插畫：深崎暮人

**女孩們在露天澡堂的裸裎談心！**
**描繪出眾人潛藏魅力的短篇集再次登場！**

在我——安藝倫也擔任製作人的同人遊戲社團blessing software裡，這次要迎接的是來自人氣輕小說作家的第一女主角演技指導、揭曉同人插畫家過去所做的約定，以及隸屬女子樂團的非御宅表親不請自來地放話……等等，惠，妳旁邊那位女性是誰！

各 **NT$180~220/HK$55~73**

## 普通攻擊是全體二連擊，這樣的媽媽你喜歡嗎？1~7 待續

作者：井中だちま　插畫：飯田ぽち。

**靠著媽媽的力量，**
**把無人島改造成度假村吧！**

大好真真子一行人獲得「搭飛船遊南洋．四天三夜度假之旅」招待券，飛船卻臨時故障摔在無人島上，裝備全掉光，真人原本妄想的勇者大冒險變成一場決死的野外求生——真真子卻把無人島弄得有回家的感覺!?

各 **NT$220/HK$68~75**

# 刺客守則 1~9 待續

作者：天城ケイ　插畫：ニノモトニノ

**暗殺教師與無能才女對殘酷的命運加以反擊。**
**賭上人類存亡，兩人的羈絆面臨考驗——！**

塞爾裘的婚禮迫在眉睫，庫法以吸血鬼模樣混入聚會。而向庫法請求協助的居然是馬德．戈爾德——另一方面，梅莉達為救莎拉夏而潛入飛行船，得知了隱藏在這場革命背後的真相與侵蝕席克薩爾家的詛咒，她為了反抗命運而不停奔波……

各 **NT$220~260/HK$68~87**

## 轉生為豬公爵的我，這次要向妳告白 1~2 待續

作者：合田拍子　插畫：nauribon

### 豬公爵在學園的評價由負轉正！
### 還將擔任女王之盾的榮譽騎士!?

藉由諾菲斯事件從差評轉為好評的我，竟收到王室守護騎士選定試煉的參加邀請!?那可是擔任達利斯的女王之盾的重責大任！然而前去選定試煉的人除了豬公爵還有艾莉西雅公主，他們竟遇到將來會讓這個國家陷入最大危機的「背叛之騎士」!?

各 **NT$220/HK$73~75**

## 就算是有點色色的三姊妹，你也願意娶回家嗎？ 1 待續

作者：浅岡旭　插畫：アルデヒド

**同居的對象是美少女三姊妹！而且全是變態？**
**三倍可愛、三倍香豔的姊妹戀愛喜劇！**

貧窮高中生的我，一条天真，從極度寵溺女兒的大企業社長手中接下神祕的打工委託；沒想到三姊妹全都有不可告人的興趣，全都想找我發洩性慾！要是被她們的父親知道了，我會被開除的！既然如此，我要好好矯正妳們的特殊性癖，讓妳們成為完美的新娘！

**NT$220/HK$73**

## 我喜歡的妹妹不是妹妹 1~8 待續

作者：恵比須清司　插畫：ぎん太郎

**「其實我……我一直都很喜歡哥哥！」**
**為了有望當上作家的祐，涼花提供的協助是……!?**

祐的投稿接到出版社回應，在通往作家之路又邁進一步。涼花主動協助倒還算好……祐向舞她們尋求建議，卻變成要描寫理想的命運相會，靠震撼力來分輸贏，還爆發愛情喜劇大論戰!?又是求親吻，又是讓祐撒嬌，又被告白，展開驚滔駭浪大對決——！

各 **NT$200~220/HK$67~73**

## 終將成為神話的放學後戰爭 1~8 待續

作者：なめこ印　插畫：よう太

**賭上一切對抗吧，**
**這場戰鬥將成為嶄新神話的序曲！**

神仙天華率領的「新生神話同盟」一邊蹂躪世界，同時為了獲得「唯一神」的權能，持續侵略教會的根據地梵蒂岡。在闖入梵蒂岡前夜，夏洛與布倫希爾德跟雷火的戀情開花結果，終於行周公之禮——但阻擋在他們面前的是教會的最強戰力！

各 **NT$220~250/HK$68~82**

## 為何我的世界被遺忘了？ 1~3 待續

作者：細音 啓　插畫：neco

**神的預言是真實，還是虛假？**
**眾所矚目的奇幻巨作第三彈！**

為了帶領凱伊等人前往聖靈族支配的悠倫聯邦，精靈巫女蕾蓮加入一行人的隊伍。然而，凶暴化的巨大貝西摩斯襲來，導致狀況急轉直下。眾人像被引導似的，來到奧爾比亞預言神的神廟——

各 **NT$200~220/HK$65~73**

國家圖書館出版品預行編目資料

這是妳與我的最後戰場，或是開創世界的聖戰 / 細音啟作；蔚山譯. -- 初版. -- 臺北市：臺灣角川，2020.06-

冊；　公分. -- (Kadokawa fantastic novels)

譯自：キミと僕の最後の戦場、あるいは世界が始まる聖戦

ISBN 978-957-743-817-1(第4冊：平裝). --
ISBN 978-957-743-935-2(第5冊：平裝)

861.57　　109005097

Kadokawa
Fantastic
Novels

# 這是妳與我的最後戰場，或是開創世界的聖戰 5

（原著名：キミと僕の最後の戦場、あるいは世界が始まる聖戦5）


2020年8月26日　初版第1刷發行
2020年12月4日　初版第2刷發行

作　　者：細音啓
插　　畫：猫鍋蒼
譯　　者：蔚山

發 行 人：岩崎剛人
總 編 輯：蔡佩芬
編　　輯：彭曉凡
美術設計：李思穎
印　　務：李明修（主任）、張加恩（主任）、張凱棋

發 行 所：台灣角川股份有限公司
地　　址：105台北市光復北路11巷44號5樓
電　　話：（02）2747-2433
傳　　真：（02）2747-2558
網　　址：http://www.kadokawa.com.tw
劃撥帳戶：台灣角川股份有限公司
劃撥帳號：19487412
法律顧問：有澤法律事務所
製　　版：尚騰印刷事業有限公司
ＩＳＢＮ：978-957-743-935-2